Eliott Schon
réalisateur fr
Société des
sont très su a
réalisé quatre films s
sur les expéditions qu'il a menées nt
*Himalaya, la marche au-dessus*, Grand Prix du public au Festival international du film d'aventure de La Rochelle. *Comment survivre à l'attaque d'un ours et autres aventures* a paru aux Éditions du Trésor en 2020. *Amazonie : sur les traces d'un aventurier disparu* paraît chez Payot la même année.

**Retrouvez l'auteur sur son site internet :**
**https://www.eliottschonfeld.com/**

# COMMENT SURVIVRE À L'ATTAQUE D'UN OURS ET AUTRES AVENTURES

ELIOTT SCHONFELD

# COMMENT SURVIVRE À L'ATTAQUE D'UN OURS ET AUTRES AVENTURES

ÉDITIONS DU TRÉSOR

ISBN : 978-2-266-31811-2
Dépôt légal : octobre 2021

# COMMENT LA GRAINE DE L'AVENTURE A GERMÉ, PAR ACCIDENT, AU MILIEU D'UNE FORÊT AUSTRALIENNE

Quand je choisis l'Australie comme destination de mon premier grand voyage, à 19 ans, c'est simplement parce que c'est là que ma sœur s'est rendue lors de sa propre année de césure. Cette décision n'est que le résultat de mon manque d'originalité. En réalité je n'attends rien de ce voyage. Dans l'avion, je comprends que mon départ est davantage le fruit d'un rejet que d'un attrait. Le monde que je quitte me semble violent, obsolète, comme si l'homme avait fait fausse route, que le progrès était le développement d'une erreur. Malgré cela j'ignore complètement ce que je vais chercher si loin de chez moi.

Sydney ne me plaît pas vraiment. À vrai dire c'est une ville comme toutes celles que j'ai visitées en Europe. À ce compte-là j'aurais mieux fait de rester à Paris, ça m'aurait coûté moins cher. Alors, je fuis la ville et commence à faire du stop. En longeant la côte est de l'Australie, je découvre un peu par hasard, dans un livre, l'existence de Fraser Island, la plus grande île de sable du monde. J'apprends qu'il existe des excursions en 4 × 4 qui font le tour de l'île sur la plage de sable. Mais comme je n'ai ni l'argent nécessaire ni l'envie de visiter l'endroit de cette manière, je me renseigne et décide d'emprunter un sentier de randonnée qui traverse l'île par la forêt tropicale qu'elle abrite. Je suis persuadé de trouver sur ma route des campings avec des magasins, des cuisines, des douches chaudes et plein de gens. J'emporte donc seulement un paquet de tranches de pain de mie, un pot de Nutella et des pâtes.

Sur place, je comprends vite que ça va être nettement plus sauvage que prévu. Il y a bien des endroits pour installer son campement, mais certainement pas d'épicerie. Pourtant je décide d'y aller quand même. Pendant plusieurs jours, je ne croise pas le moindre être humain, seulement des animaux. Je dois me rationner et ne m'autorise que trois tranches de pain par jour pendant les dix jours passés sur l'île. Je finis par bouffer les pâtes crues. Au début, la faim nous fait croire que c'est pas mal, que c'est un genre de chips, mais très rapidement on s'aperçoit que c'est franchement dégueulasse.

Un matin, je me réveille, entrouvre ma tente et tombe nez à nez avec une meute entière de dingos, ces chiens sauvages australiens. Sans même me laisser le temps d'enfiler un caleçon, ils repartent déjà, poursuivant leur chasse matinale. Alors, sans hésiter, je sors tout nu dans la jungle et me mets à les suivre discrètement pour continuer à les observer. Cette expérience a été incroyable. Pour la première fois de ma vie, je me retrouvais seul en pleine nature et, malgré la faim et la fatigue, je me suis senti véritablement libre, vivant et heureux. J'ai découvert la solitude, le silence, la lenteur de la marche, l'espace, la vie avec les autres animaux. J'échappais enfin aux injonctions de la société, au brouhaha de la ville.

Grâce à ce détachement, je suis parvenu à me débrouiller tout seul pendant dix jours, j'ai dépassé mes peurs, j'ai eu la sensation d'avoir fait éclater la bulle dans laquelle j'étais enfermé depuis tout ce temps. Un vide s'est comblé. J'ai eu l'impression d'avoir trouvé quelque chose de très important, un sens, une raison de vivre… Je ne le savais pas encore mais à partir de ce moment, j'allais passer une grande partie de ma vie dans la nature sauvage.

Avec du recul, je peux dire que cette expérience a été l'une des plus déterminantes de ma vie. C'est de là qu'a germé la graine de l'aventure.

# LA NATURE SAUVAGE

Lorsqu'on voyage seul et qu'on est constamment en mouvement, on marche sur une crête imprévisible. Chaque rencontre est le fruit de détails insignifiants qu'on appelle le hasard. C'est ce qui fait toute la beauté du voyage, où chaque événement devient exceptionnel car absolument imprédictible et improbable.

Voyager c'est être plongé dans l'inattendu, c'est être délivré de la tyrannie du calcul et de la prévoyance. On voyage comme on se laisse porter par une rivière. Si on a de la chance, une étincelle, quelque chose se déclenchera, sinon il faudra continuer à dériver. Quoi qu'il en soit, nous n'avons aucun pouvoir sur les circonstances, ce sont elles qui viennent à nous et jamais l'inverse. Ainsi on avance léger, sans tourments, sans rien espérer et sans jamais être déçu. On accepte son sort et, de cette manière, chaque péripétie, chaque rencontre est une surprise et en devient extraordinaire.

Être sans cesse en mouvement rend tout commencement dérisoire. C'est de cela que le voyage tire sa noblesse, de ces naissances misérables et minuscules qui finissent par devenir des réalités immenses. Rien ne semble permettre qu'elles se produisent et pourtant elles parviennent à éclore ici et là.

## Comment avoir de la chance au cœur d'une tempête islandaise

Lorsque j'ai décidé de devenir explorateur, j'ai choisi de partir en Islande pour ma première expédition. Expédition modeste car c'était la première fois que j'allais marcher seul sur des centaines de kilomètres pendant des semaines. Mon objectif était de traverser intégralement l'île, de Skógar sur la côte sud, jusqu'à Akureyri, sur la côte nord. Environ 400 kilomètres à travers les glaciers, les volcans, les montagnes et les rivières. Ce fut un magnifique voyage, l'émerveillement était quotidien et dix-huit jours après mon départ j'atteignais l'extrême nord du pays. Tout s'était très bien passé. Enfin, presque tout.

Je me rappelle très bien cette journée où j'aurais donné n'importe quoi pour me téléporter hors d'Islande. Je marchais depuis déjà presque deux semaines. Les montagnes multicolores et les jacuzzis naturels de Landmannalaugar étaient déjà bien loin derrière moi. Désormais je me trouvais au cœur de l'Islande, dans la partie complètement déserte de l'île où les plaines verdoyantes dans lesquelles paissent les moutons et les chevaux sont remplacées par une étendue noire infinie de rocaille et de lave. C'était très étrange d'évoluer dans ce décor lunaire. Autour de moi tout était gris, noir, argenté. Le ciel obscur surplombait l'ensemble comme un dôme que la lumière ne parvenait pas à pénétrer, et le vent assourdissant qui fusait dans tous les sens donnait au lieu un aspect mystérieux et inquiétant. La seule source de couleur perdue dans ces déclinaisons de noir et de blanc provenait d'une minuscule fleur nommée silène acaule. Ainsi, au ras du sol, ici et là, apparaissaient des petites taches d'un rose éclatant sur un lit de mousse verte.

Après plusieurs heures de marche, j'ai atteint une rivière large et tumultueuse qui me bloquait la route. Jusqu'à présent, je n'avais croisé que des ruisseaux que je parvenais à franchir en sautant d'une pierre à l'autre ou bien des petites rivières que je traversais sans difficulté, de l'eau jusqu'aux genoux. Cette fois c'était différent, le courant était bien plus puissant et la rivière bien plus profonde. À chaque tentative je manquais de me faire emporter par la rivière et je finissais par revenir sur la berge. J'ai dû m'y prendre à plusieurs reprises tellement le courant était impressionnant, mais j'ai fini par y arriver, mon sac sur la tête et l'eau à 2 °C à hauteur du torse. Une fois sur la berge opposée, je me suis mis à hurler de joie en me moquant de la rivière. Nu et complètement frigorifié, j'ai très rapidement cessé ma petite scène et me suis remis en marche après m'être rhabillé.

Je pensais que j'avais passé le plus dur, quand une véritable tempête s'est déclenchée. Vent, pluie, grêle, brouillard, tous les éléments se déchaînaient et j'avançais à grand-peine. Je me trouvais à plus de 1 000 mètres d'altitude et le sol n'était parsemé que de neige et de roches fourchues, il m'était impossible de planter ma tente. Alors j'ai continué à marcher, gelé et exténué, m'en prenant mentalement à l'Islande et à cette nature hostile qui, à cet instant, me désespérait.

À cause du brouillard très épais, j'étais incapable de voir à plus de 5 mètres. Je ne pouvais donc me repérer qu'à l'aide de ma boussole, mes cartes ne m'étant d'aucune utilité dans ce blanc impénétrable. Il était maintenant très tard et je n'avais toujours trouvé aucun lieu pour m'installer, la neige recouvrait tout. Alors la peur a commencé à apparaître. Marchant sans vraiment savoir où aller, j'avais le sentiment d'être perdu, enfermé, privé de mes sens. Il fallait que je m'arrête, que je me repose, que je cesse de marcher à l'aveuglette ! J'étais sur le point d'abandonner, de planter ma tente dans la neige et de passer la pire nuit de ma vie lorsque, tout à coup, le brouillard devant moi s'est dissipé une demi-seconde, me laissant apercevoir un refuge.

J'y ai couru de toutes mes forces et c'est ainsi que j'ai découvert la meilleure cabane de mon expédition. Au chaud, sous des tonnes de couvertures, dans cet abri inexistant sur toutes les cartes et que je n'aurais jamais dû croiser. Je me souviens de m'être alors senti l'un des hommes les plus heureux du monde.

## Comment construire une corde pour atteindre l'eau d'un puits

J'ai découvert tardivement l'existence du désert de Gobi. À l'origine, ce sont des chiffres qui m'ont poussé à partir en Mongolie : « 1,9 », soit le nombre d'habitants au kilomètre carré, ce qui fait de la Mongolie le pays à la plus faible densité démographique du monde ; et puis « 400 », soit le prix moyen en euros d'un cheval. C'est en étudiant mes premières cartes de Mongolie que j'ai repéré cette immense étendue qui recouvre le tiers du pays et qui m'a tout de suite attiré. C'était donc décidé, après avoir arpenté la steppe à cheval, je rejoindrais le désert pour le traverser en solitaire.

Le plus grand défi d'un tel projet était bien évidemment la gestion de l'eau. Seul, je n'avais pas le droit à l'erreur. Avec des températures atteignant parfois les 40 °C, on peut mourir de déshydratation en quelques heures. J'ai donc tracé mon itinéraire au gré des puits, des oasis et des cours d'eau qu'indiquaient de vieilles cartes de l'armée soviétique que j'avais pu trouver à Oulan-Bator. Ces points d'eau traçaient ma route comme les cailloux du Petit Poucet. Malgré tout, trouver de l'eau restait bien difficile et sur certaines étapes, j'avais plus de 100 kilomètres à parcourir avant de tomber sur un nouveau puits. Au départ, je ne transportais que 5 litres d'eau dans mon sac à dos et mon plan était de me rationner le plus possible et de ne rien gâcher. Ainsi, l'eau dans laquelle je cuisinais mes pâtes le soir se transformait en un bouillon infect que je me forçais à avaler pour ne pas consommer plus d'eau. Mais la soif a été plus forte que mon plan et, dès le troisième jour, mes bouteilles étaient vides et le prochain village encore loin. Pendant plusieurs heures j'ai scruté l'horizon de tous les côtés, espérant y voir le scintillement d'une mare ou d'une flaque d'eau, mais les seules gouttes en vue tombaient de mon crâne bouillant. L'idée de boire mon urine commençait à faire de plus en plus sens… Heureusement, je n'ai pas eu à en arriver là, car je suis finalement arrivé près d'une grande flaque d'eau. J'ai pu remplir toutes mes bouteilles en filtrant l'eau marron avec mon tee-shirt. Je ne suis pas certain que cela ait vraiment été meilleur que de l'urine mais ces gorgées m'ont sauvé. Alors que je m'enfonçais de plus en plus dans l'aridité du désert, j'ai trouvé un village et acheté un bidon de 20 litres que j'ai fixé à un petit caddie, de quoi me donner trois à six jours d'autonomie. Seul dans ces étendues étouffantes et vides de tout, j'ai ressenti pour la première fois un sentiment proche de la peur. Le vivant n'est pas le bienvenu dans ces contrées et les carcasses des chameaux morts étaient là pour me le rappeler. Ma vie ne reposait que sur les deux roulettes tremblantes de mon caddie. C'était très rassurant…

Pourtant, malgré mon stock de 20 litres d'eau, est venu un moment où au milieu du désert j'ai bu la dernière goutte bouillante de mon bidon. La bonne nouvelle était que j'étais juste à côté d'un puits, la mauvaise était que l'eau se trouvait à 6 mètres de profondeur et que je n'avais aucun moyen d'y accéder. Elle était là, au fond de ce petit trou, calme, protégée et reflétant la lumière du jour. Si proche et pourtant si loin de moi. Je n'avais pas d'autre choix que de l'atteindre et pour ça j'ai dû faire preuve d'imagination et surtout de dénuement. Après m'être déshabillé, j'ai vidé entièrement mon sac, retiré les ficelles qui retenaient mon bidon à mon caddie et posé le tout par terre, bien aligné. J'ai pris une de mes bouteilles vides, je l'ai coupée en deux et je l'ai fixée à une des ficelles. J'ai ajouté le reste des ficelles puis mon chèche, ce qui m'a permis de gagner un mètre et demi supplémentaire. Sont ensuite venus mes deux tee-shirts, ma chemise et ma serviette. Mon jean m'a fait gagner un nouveau mètre et pour la touche finale j'ai fixé le tout à mon trépied. Par miracle, ma corde de fortune a tenu le coup et grâce à elle, j'ai pu renouveler mes réserves d'eau jusqu'au village suivant. Si elle avait lâché, j'aurais fini en caleçon au milieu du Gobi. J'aurais sûrement pris des coups de soleil.

## Comment tomber sur un supermarché perdu en pleine nature sauvage

Se nourrir est une grande difficulté lorsqu'on voyage seul loin de la civilisation. La faim est une de mes compagnes les plus fidèles, elle est parfois insupportable mais de jour en jour on apprend à vivre avec, à la calmer, à l'accepter et ses cris finissent par devenir des murmures qu'on parvient à ignorer. Dans mon sac à dos, en m'autorisant deux maigres repas quotidiens, je suis capable de transporter des provisions pour dix à quatorze jours, essentiellement du riz, des nouilles chinoises et des fruits secs. Mais vient un moment où même avec les plus grandes restrictions, les réserves finissent par s'épuiser. Il faut alors trouver sa propre nourriture, en pêchant et en cueillant des fruits, des champignons et tout ce qui peut se mettre sous la dent. Un autre moyen de se ravitailler à des centaines de kilomètres de la civilisation est de tomber sur un supermarché au milieu d'un des endroits les plus sauvages de la planète. C'est ce qui m'est arrivé en Alaska.

Cela faisait deux semaines que je n'avais pas croisé une âme humaine, ni même une trace humaine. Pas un déchet, pas une route, pas un avion dans le ciel, rien, j'étais seul avec tous les animaux du Grand Nord et je marchais vers le nord, mes réserves de nourriture au plus bas. J'aurais pu faire demi-tour mais je n'y ai pas pensé une fois : j'avais rêvé de m'aventurer le plus loin possible dans le sauvage, maintenant que j'y étais, il fallait que je me débrouille.

C'est à cause de cet isolement total que je n'en ai pas cru mes yeux lorsque j'ai repéré une route de terre en atteignant les rives du Wild Lake. Stupéfait, j'ai commencé à suivre le sentier qui s'enfonçait dans la forêt et j'ai fini par déboucher sur un grand espace ouvert. Camions, bulldozers, cargos, barils de fuel, génératrice, bâtiments de chantier. Je me suis avancé sans rien comprendre à ce que je voyais. À en juger par l'état du matériel, les lieux avaient été abandonnés depuis des décennies. La rouille avait tout envahi, les pneus des véhicules étaient dégonflés et solidement enfoncés dans le sol, les engins électriques étaient en mille morceaux.

Je suis entré dans la première cabane, et en fouillant dans des papiers, j'ai compris que je me trouvais dans le camp d'une ancienne mine, située à quelques kilomètres de là. En continuant de fouiller, j'ai fini par dénicher un calendrier. La dernière page utilisée était celle du mois d'août 1986. En poursuivant mon exploration, je suis arrivé dans la cuisine et en ouvrant le premier placard, j'ai failli m'évanouir. Des dizaines de boîtes de conserve : champignons, petits pois, haricots rouges, blancs, verts, compote de pomme, salade de fruits, pêches confites, sauce tomate, viandes, poissons, soupes. En poussant des cris de joie, je me suis précipité sur toutes les portes et ça continuait : pâtes, riz, café, thé, chocolat, sucre, sel, huile d'olive, cacahuètes, fruits secs, farine, lait en poudre, ketchup, céréales, moutarde, limonade en poudre, sardines, thon et même une bière.

J'ai trouvé tellement de choses en explorant chaque bâtiment – nourriture, vêtements, matériel de pêche, livres, même des papiers d'identité d'anciens mineurs… tout semblait indiquer que ces gens étaient partis en pensant revenir. Manifestement ça n'avait pas été le cas.

Finalement, je suis resté cinq jours confortablement installé dans une des cabanes, à manger, à écrire et à dévorer une quantité impressionnante de *National Geographic*, datés de 1971 à 1987. Pendant des heures et des heures, j'ai lu des reportages sur l'Union soviétique, la révolution iranienne, la guerre afghane, la fin de la guerre du Vietnam, les deux Berlin, toutes ces époques que je n'ai pas connues. Des articles qui parlaient déjà du réchauffement climatique et qui n'ont manifestement eu que très peu d'impact, des articles sur des animaux inconnus, sur des expéditions en Arctique et en Antarctique, des articles sur des tribus en Afrique, en Amazonie, sur les Eskimos. Surtout, j'ai lu un article formidable d'un numéro de 1986 où Jean-Louis Étienne racontait sa conquête du pôle Nord, en solitaire et à pied. J'ai trouvé cela tellement incroyable que je me suis juré de préparer une expédition là-bas : rejoindre la banquise en chiens de traîneau, puis comme lui, tenter de rejoindre le pôle Nord à pied et en solitaire.

Durant ces cinq jours, je ne suis sorti que pour chercher de l'eau et des provisions dans mon supermarché abandonné. Cinq jours fabuleux.

## Comment se sentir libre dans le désert

Souvent, lorsque je parle de mes voyages, le mot « liberté » revient dans la conversation. Je ne pense pas être plus libre qu'un autre, je ne pense même pas que le but de mes voyages soit d'atteindre la liberté, car c'est le mauvais usage que fait l'homme de sa liberté qui me pousse chaque fois à partir. La liberté peut être destructrice, la liberté peut être violente.

La différence entre l'ermite et l'homme qui vit en société est que le premier n'a aucun interdit, tandis que le second ne peut réaliser qu'une infime partie de son champ des possibles et doit étouffer tout le reste. Posé comme tel, le solitaire semble le plus libre puisque la seule limite à ses actes est ce qu'il est capable d'accomplir. Mais l'homme seul ne peut presque rien faire, c'est pourquoi il peut faire tout ce dont il est capable, car cela est sans conséquence, son action est négligeable. Sa liberté est à la fois absolue et insignifiante.

Imaginons-nous un homme seul au milieu d'un océan comme libre ? Pourtant, cet homme jouit bel et bien d'une liberté absolue : il peut théoriquement faire tout ce qu'il veut, sauf qu'il ne peut en réalité rien faire si ce n'est remuer son corps en attendant de se noyer. Et moi dans le désert ? Être libre dans un désert me semble être une contradiction dans les termes.

Être à deux accroît nos possibilités en même temps que nos contraintes. Il s'agirait donc d'une liberté plus grande mais à laquelle on n'aurait pas le droit de goûter totalement. À deux, je suis libre de soulever cette grosse pierre, acte que je suis incapable de réaliser seul, mais en contrepartie, je dois tenir compte de l'autre dans l'usage que je vais faire de ladite pierre, contrainte qui n'existe pas pour le solitaire. Ainsi, à plusieurs, les possibilités se multiplient en même temps que les interdits. Ma liberté s'amplifie à mesure qu'elle s'asphyxie.

On aurait donc d'un côté une liberté absolue mais insignifiante, et de l'autre une liberté réelle mais inutilisable. Dans les deux cas elle est inatteignable, elle reste un mot qu'on aime entendre, une illusion prométhéenne qui nous berce.

Je ne suis pas plus libre qu'un autre, j'ai simplement changé la nature de mon aliénation, changé l'entremêlement de mes chaînes. Je n'ai plus aucun interdit sauf ceux imposés par la nature. Le soleil, le vent, le froid, la chaleur, la fatigue, la douleur, la faim, la soif, les paysages sont mes nouveaux maîtres. « La liberté c'est de savoir danser avec ses chaînes », disait Nietzsche, le désert de Gobi me le confirme.

## Comment échapper au soleil dans le désert

Il y a des moments pendant les expéditions où les conditions sont tellement dures que j'en viens à haïr la nature et à me haïr d'y avoir foutu les pieds en premier lieu. J'ai vécu plusieurs fois ces moments de folie dans le désert de Gobi, notamment à cause de la chaleur et de la soif qui ont souvent été insupportables. Parfois la température était si élevée, l'air si irrespirable que j'ai eu le sentiment de me trouver sur une autre planète, non adaptée aux êtres vivants, et que mon corps brûlait. La soif était permanente, elle m'accompagnait sans arrêt et prenait toute la place dans mon esprit. Elle devenait une obsession qui m'empêchait de m'évader même le plus court instant. À chaque pas sous cette chaleur elle hurlait, elle s'amplifiait, elle me rendait fou. À chaque pas, je rêvais qu'éclate une tempête, qu'il pleuve, qu'il grêle, qu'il neige, que tous les nuages se réunissent et forment une barrière entre ce diable de soleil et moi. Je rêvais d'eau, de son bruit si apaisant, si réconfortant, de la voir briller et se mouvoir partout où elle pouvait s'infiltrer, d'être inondé, de me noyer, que des torrents m'emportent, qu'un tsunami se déclenche, que la banquise dans sa totalité s'écrase sur mon crâne bouillant. Je rêvais d'être frigorifié, que mon corps gèle et se transforme en glace.

Pour me soulager, je buvais une gorgée. Mais l'eau de mon bidon était infecte et aussi brûlante que le soleil lui-même. Boire dans ces conditions semblait parfaitement inutile, je ne ressentais aucune différence avant et après une gorgée, comme si l'eau s'évaporait sitôt qu'elle avait touché mes lèvres. Alors je devais m'arrêter tous les kilomètres pour tenter d'assouvir ma soif, en vain.

Échapper à cet enfer demande de l'imagination car l'ombre est inexistante : l'immensité plate du désert n'accueille que des pierres, des roches, du sable, quelques carcasses de chameaux morts de soif et des serpents furtifs. Les plantes sont rares et celles dépassant quelques dizaines de centimètres le sont encore plus. Ici tout est à la merci du soleil.

Une fois, alors que de grosses gouttes de sueur roulaient sur mon front, j'ai aperçu un petit arbuste desséché et je me suis précipité à son pied comme si c'était une véritable oasis. J'étais littéralement à bout de forces. En disposant mon caddie près de lui et en y accrochant ma couverture de survie et toutes les autres affaires de mon sac pour combler les trous, j'ai réussi à me créer un bon mètre carré d'ombre dans lequel je me suis couché en position fœtale pour que rien ne dépasse. À ce moment-là, j'ai réalisé que je ne pouvais plus marcher dans ces conditions, c'était trop dangereux, trop épuisant et surtout cela me faisait consommer mes réserves d'eau à une vitesse fulgurante. J'ai donc décidé de marcher la nuit et de me construire à nouveau des petites cabanes près de pierres et d'arbustes morts pour y dormir la journée.

Ce fut une excellente idée ! Pendant toute la durée de cette vague de chaleur, j'ai marché seul dans le silence de la nuit du désert de Gobi sous un ciel plus étoilé que tous ceux que j'avais contemplés jusque-là. Certes, je n'y voyais pas grand-chose, mais ma lampe torche et ma boussole étaient suffisantes pour avancer dans la bonne direction.

J'ai ainsi marché tranquillement dans le désert qui dort, délivré de mon tortionnaire céleste, et ce n'est qu'en me réveillant chaque soir que je découvrais le paysage qui m'entourait.

## Comment faire partie du désert

Dans le désert, tout est statique, inaltéré par le temps qui passe, comme envoûté par une admirable monotonie. Seule la vie s'adonne au mouvement et au changement, son opposé s'y refuse. J'avance et tout se ressemble, le même paysage gris et jaune, plat et vierge, sur des kilomètres et des kilomètres.

Le désert est d'une beauté tragique, sinistre, d'une beauté qu'on craint. C'est une beauté qui méprise profondément ces ornements superficiels que sont les rivières, les cascades, les forêts ou les plaines verdoyantes. Elle est brutale, elle ne cherche pas à attirer les foules, au contraire, elle est indépendante, se suffit à elle-même et se fiche éperdument de l'homme. Le désert est un solitaire. Je sais que si un malheur arrivait, rien en lui ne me viendrait en aide, il me laisserait mourir sans sourciller. Je le sais, il ne me le cache pas, ma présence ne l'affecte aucunement. Il est de ces paysages sur lesquels l'homme n'a point d'emprise et auquel on doit se soumettre ou fuir. Un désert est comme un séisme qui se propagerait sur des millions d'années. Rien ne peut stopper sa progression.

Il s'étend là où il lui plaît et peut recouvrir un continent si tel est son désir.

Parfois en marchant il m'arrive de me perdre dans mes souvenirs. Je confonds les jours, les lieux, hier et aujourd'hui, aujourd'hui et hier, et même les mouvements de mes pas. Le temps semble abstrait au milieu des dunes. Il n'a plus de signification, sa mesure n'est plus qu'une suite de chiffres absurdes. Seule l'éternité règne ici. Je m'incline devant ce silence que rien n'altère si ce n'est le chant du vent qui sculpte les grains de sable et les transforme en montagnes éphémères.

Ici, on goûte au délice d'être délivré de tout pouvoir, de toute considération. Quel plaisir d'être insignifiant, d'être oublié, de n'être rien. L'existence semble moins grave. Dans cet univers privé d'illusion et de lumière je suis comme un étranger, un exilé. Ce sentiment de non-appartenance me dépossède de tout espoir, ce qui n'aboutit en aucun cas au désespoir mais plutôt au calme et à la sérénité. Le calme de celui qui connaît son sort et qui l'accepte, la sérénité de celui qui aime à être ignoré. Ici, le cosmos nous échappe et en cela devient plus réel, redevient réel.

Ce lieu est d'une pureté déconcertante et j'ai l'impression que chacun de mes pas souille sa délicatesse, profane sa perfection. Mais le vent toujours présent s'empresse d'effacer les marques de mon passage et le rend vierge à nouveau. Je ne suis rien ici ; que je le veuille ou non, je ne peux pas laisser de trace.

On se sent comme aspiré par le néant qui semble nous amener aux confins du monde, dans le grenier de l'univers. C'est dans les lieux déserts et sans eau que la pensée se nourrit le plus et atteint ses extrémités. Seuls les endroits qui la privent de tout divertissement la forcent à se regarder en face, au plus profond d'elle-même. Ici le cri est plus aphone que le silence. Ici, plus je pense, moins je suis ; plus je pense, plus je comprends que je ne suis pas, ou du moins que je ne suis pas grand-chose. Le désert agrandit ce qui n'a pas de bornes, allonge l'illimité, étend l'éternel et prolonge l'infini.

J'y ai été heureux. Les épreuves furent rudes mais j'ai fini par m'y sentir à ma place, seul à marcher dans la poussière du monde.

## Comment vivre dans un canoë

Voyager en canoë avait toujours été un rêve. Tous les modes de déplacement ancestraux qui permettent une osmose avec la nature me fascinent. Le canoë, la pirogue, le traîneau à chiens, le cheval et, bien sûr, la marche, sont pour moi tous liés à mille légendes, à mille histoires, à mille aventures et surtout partagent une connexion profonde avec leur environnement. Ces moyens de transport sont les plus anciens de l'humanité. Les utiliser de la même manière et dans les mêmes endroits que nos ancêtres il y a des milliers d'années nous rappelle que l'homme savait son appartenance à la nature. En ville, l'homme appartient toujours à la nature mais il a fini par l'oublier.

J'étais donc bien heureux dans mon petit canoë sur le Yukon. Malgré le peu d'espace et une liberté de mouvement quasi nulle, j'avais l'impression de pouvoir aller partout. Chaque tournant réservait une surprise, dévoilait un nouveau paysage fait des mêmes éléments : le vert des forêts, la roche bleu-gris des montagnes, les fleurs qui éclosent, les castors qui tapent l'eau de leur queue plate, les porcs-épics qui se dissimulent sous les arbustes, les rapaces qui tournent dans le ciel de manière hypnotique. Tous les endroits que je traversais me donnaient envie de m'y arrêter, d'y planter ma tente et d'y rester quelques jours ou quelques années.

Au milieu de la rivière, je plongeais dans une monotonie sereine, rythmée par le chant des oiseaux et le bruit des pagaies qui pénétraient dans l'eau. Parfois, lorsque la fatigue s'éveillait, j'empoignais ma canne à pêche pour me procurer mon dîner, ou bien je me calais au fond du bateau. Là, j'écrivais, je lisais et je plongeais dans de profondes méditations avant de m'endormir. Mon esprit tourbillonnait et dérivait comme mon canoë sur la rivière qui m'emmenait là où je devais aller.

On se sent léger sur le Yukon, on se laisse porter sans inquiétude, délivré de tout fardeau. On apprend notre véritable place, on ne combat pas la rivière, on accepte ce qu'elle fait de nous et on finit par lui faire confiance, comme un fils fait confiance à sa mère.

Il m'a tout de même fallu quelques jours pour apprendre à pagayer seul, à lire le courant et à anticiper les distances, mais dans l'ensemble tout s'est bien passé. Je suis tombé dans l'eau seulement une fois. J'avais très envie d'uriner mais je ne voulais pas perdre de temps en accostant. J'ai donc décidé de le faire directement depuis mon canoë, mais malheureusement, debout sur le bord de mon bateau je n'ai pas su gérer l'équilibre et une seconde plus tard j'étais dans l'eau tout habillé et nageant dans ma pisse. J'ai passé toute la soirée à sécher mes vêtements. Après cet événement fâcheux j'ai utilisé une bouteille.

Vendre le canoë aussi a été d'une facilité déconcertante. Cela s'est produit au village de Circle, deux semaines avant d'atteindre Tanana, ma destination finale. Là-bas, j'ai rencontré Sean, un Amérindien, qui m'a acheté en avance mon canoë 400 dollars. Il se rendait souvent à Tanana, alors il m'a dit qu'un de ses amis lui garderait quand je serais arrivé là-bas.

Lorsqu'il m'a tendu les quatre billets de 100 dollars, je lui ai demandé :

— Pourquoi me fais-tu confiance ? Je veux dire, si j'étais malhonnête je pourrais très bien prendre l'argent et continuer à descendre la rivière. Alors pourquoi me fais-tu confiance ?

— Tu vas très lentement avec ton canoë, je pourrais te retrouver, je connais tout le monde dans un rayon de 1 000 kilomètres et j'ai d'excellents fusils.

J'ai trouvé sa réponse très convaincante. Deux semaines plus tard, après 1 800 kilomètres sur la rivière, j'ai fait mes adieux à mon petit canoë blanc et j'ai commencé à marcher vers le nord.

## Comment décider de traverser l'Himalaya en autonomie totale

Cette capacité qu'on appelle autonomie, ce mode de vie qu'on appelle autonome, je les ai découverts en Mongolie au côté des nomades. En Alaska, malgré moi, j'ai dû atteindre une autonomie alimentaire car mes réserves s'épuisaient. Me nourrir par mes propres moyens a été une découverte incroyable, tant de nouveaux horizons se dégageaient devant moi. Depuis, ce désir d'apprendre, de m'adapter au sauvage, de m'affranchir de la civilisation ne m'a plus jamais quitté : une quête d'autonomie, de réconciliation totale avec la nature.

Dans ces endroits si reculés, j'ai compris avec plus de clarté pourquoi j'avais décidé de fuir notre civilisation. Je la trouve folle, violente, floue, tout y est modifié, la frontière entre le réel et le virtuel est incertaine. Les écrans, le goudron, le ciment, nous font oublier notre origine et nous assurent une terrible destination. À mon retour d'Alaska, pour comprendre où j'en étais et quelle serait la prochaine étape, je me suis plongé dans une longue introspection. Alors je me suis demandé ce que nous, humains, nous voulions. Et que devions-nous vouloir ? Devenir des êtres toujours plus vides aux mains toujours plus pleines ? Posséder de plus en plus ? (Et finir par être nous-mêmes possédés !) Augmenter notre puissance matérielle et multiplier nos gadgets ? Continuer à sacrifier le vivant au profit de la puissance ? Ne serait-il pas préférable de nous réconcilier avec la nature et de revoir notre place dans le monde ?

Je choisis la nature car elle me redonne une joie pure d'exister. Je l'aime infiniment plus que tout ce qu'on produit en la détruisant. À son contact, face à sa beauté, on se sent libre, vivant, léger, heureux et on protège le tout dont on fait partie. On se protège. Je souhaite quitter ce monde qui est destructeur pour l'homme et le vivant en général. Pourtant, pour espérer un monde différent, il faut que je m'assure que je suis capable de me passer de celui-ci et de tout ce qu'il produit. Pour me le prouver, il faut que j'atteigne une autonomie absolue où je ne me contenterai que de la nature qui m'entoure pour vivre. C'est de cette réflexion qu'est née mon expédition en Himalaya. Plus précisément, une traversée en solitaire de la chaîne himalayenne, d'ouest en est, à pied, à cheval et en radeau.

Pourquoi l'Himalaya ? Parce que c'est peut-être un des seuls endroits sur Terre qui résiste à la société moderne, un des seuls endroits sur lequel l'homme n'a point d'emprise, qu'il ne parvient pas à dominer. Ces montagnes sont indomptables et libres. Elles nous dépassent dans tous les sens du terme. Ce territoire est extrême. Pour espérer y survivre, il faut s'adapter à la nature, s'y soumettre. Il n'y a pas d'autre choix. Ce lieu est inapte à l'illusion.

C'était l'endroit parfait pour mon projet : parvenir à me débarrasser au fur et à mesure du voyage de tous les objets industriels de mon sac à dos en les remplaçant par des alternatives naturelles et ainsi à m'affranchir totalement de la civilisation. Le plan était d'arriver avec la ville dans mon sac à dos et d'opérer une métamorphose pendant le voyage. Faire le chemin inverse du progrès technique et tenter d'atteindre l'essentiel, le nécessaire, et de n'être plus dépendant que de la nature.

Après quatre mois et demi, je suis arrivé à bout de mon expédition. À la place de mon sac à dos fabriqué dans des dizaines d'usines différentes, je portais sur les épaules un sac que j'avais moi-même tissé avec du bambou. Au lieu de mon briquet, j'étais parvenu à faire du feu par friction. Un manteau en peau de chèvre, confectionné par mes soins, me faisait office de duvet et j'avais quitté ma tente pour dormir dans des grottes ou dans les abris que je me construisais. Si j'ai pu accomplir tout cela, c'est en immense partie grâce à l'aide des villageois que j'ai rencontrés et des tribus qui habitent encore les montagnes et la jungle himalayenne. Comme les Changpas, une tribu de nomades tibétains du nord-ouest de l'Himalaya, la région la plus déserte et reculée. Ils vivent sous des tentes en poils de yack et alimentent leurs feux avec la bouse de cet animal, qui leur fournit également de la viande, du lait, de la laine et le cuir à la base de leur mode de subsistance. J'ai aussi beaucoup appris des derniers chasseurs-cueilleurs de l'Himalaya, les Rautes, une tribu nomade qui se déplace sans cesse à travers des forêts de l'ouest du Népal. Dans la jungle, ils cueillent fruits et légumes et chassent les singes pour se nourrir de leur viande.

Tous ces hommes et ces femmes pratiquent depuis toujours cette autonomie vers laquelle je tends. Sans leur aide, leur savoir, leur gentillesse, jamais cette expédition n'aurait pu être un succès.

## Comment gravir des glaciers quand on n'a ni gants, ni crampons, ni piolet

Quand j'ai débarqué la première fois dans l'Himalaya, moi qui n'avais jamais foutu les pieds en montagne, je me suis dit que j'aurais peut-être dû commencer par le Massif central. Mais c'est véritablement dans les ascensions les plus hautes que j'ai senti la force de la montagne, son intensité et son intransigeance. De ma vie, je ne m'étais jamais approché d'un glacier et voilà que je m'attaquais à certains des plus hauts du monde, à plus de 5 000 mètres d'altitude, seul. Ce sont les souvenirs les plus vifs, les plus émus que je garde de cet endroit.

Un des cols que j'ai gravi et dont je me souviens très bien est celui de Charang La, tout près du Tibet. Je suis très fier d'y être parvenu car les villageois m'avaient assuré qu'il était impossible d'atteindre le col sans matériel d'alpinisme à cette période de l'année, la glace était trop dure. J'y suis quand même allé et j'ai attendu l'après-midi, que le soleil fasse son travail, puis j'ai tenté ma chance.

En faisant mes premiers pas sur ce glacier de 5 300 mètres d'altitude, je me rappelle m'être demandé : « Mais qu'est-ce qui m'a pris ? Comment peut-on être stupide à ce point ? Je pars traverser le toit du monde, et je ne pense même pas à embarquer une paire de gants… » La paroi était si abrupte que je devais y coller mon corps tout entier pour ne pas perdre l'équilibre et mes mains commençaient à s'engourdir. Malgré les rayons du soleil, la glace demeurait très dure et je devais donner de violents coups de pied dedans pour y former un semblant de prise. Ça prenait du temps et de l'énergie mais ça fonctionnait et petit à petit je montais de plus en plus haut en faisant de grands zigzags sur la montagne.

À 100 mètres du col, après trois heures d'ascension, j'avais des vertiges en regardant vers le bas. C'était comme se trouver sur la paroi d'un immeuble de 200 mètres de glace. Au moindre faux pas, j'aurais glissé en quelques secondes au fond du gouffre, dans les grosses caillasses, sans aucun moyen de stopper ma chute. Mais je suis parvenu à rester calme et à continuer à grimper comme si je montais une échelle en ne prenant aucun risque et en m'assurant de chacune de mes prises. Heureusement que j'avais vendu mon petit cheval Robert quelques jours plus tôt, il aurait été incapable de monter un truc pareil.

Épuisé, j'ai finalement atteint le col à 5 300 mètres d'altitude. Au sommet, une large couche de neige recouvrait le sol et j'ai compris que je n'étais pas le seul à avoir fait l'ascension : des traces de léopard des neiges toutes fraîches longeaient la crête et descendaient de l'autre côté. Émerveillé, j'ai touché les empreintes des coussinets, si belles, si pures. J'ai observé méticuleusement les alentours, plein d'espoir, mais je n'ai rien vu, aucun mouvement, aucun signe de vie. Le fantôme de l'Himalaya rôdait, je le sentais. Même invisible, il m'accompagnait.

## Comment descendre une rivière interdite en échappant à la police

Une semaine avant de partir pour mon expédition himalayenne, je me suis rendu compte en observant mes cartes que la frontière indo-népalaise était marquée par une rivière, la Mahakali. C'est alors qu'est née l'idée de descendre cette rivière en radeau jusqu'à Banbasa, le poste-frontière népalais. Mais avant d'arriver sur place, j'étais incapable de savoir si ce cours d'eau était bel et bien praticable, les rivières himalayennes étant souvent de violents torrents accessibles uniquement aux meilleurs kayakistes.

Après deux mois dans les montagnes, j'ai donc atteint le versant sud himalayen. De là, mon objectif était de continuer vers le sud-est, pour rejoindre la rivière et évaluer si mon plan était réalisable. En quittant les plus hautes montagnes, le paysage s'est totalement métamorphosé. Peu à peu, la vie a repris ses droits, les manteaux de glace ont quitté les sommets, la neige s'est inclinée, la végétation s'est étendue et la roche noire s'est drapée de milliers de couleurs. Finalement, après plusieurs jours de marche, j'ai enfin atteint la Mahakali en arrivant au village de Jhulaghat, qui marque le début de la jungle. Sur place, les habitants étaient plutôt sceptiques vis-à-vis de mon projet. La moitié me disait que les rapides étaient bien trop violents, l'autre moitié était plus optimiste et c'est celle-ci que j'ai décidé d'écouter.

Avec plusieurs villageois, on a coupé du bambou tout l'après-midi. Ce n'était pas tous les jours qu'un Blanc leur rendait visite, encore moins un qui voulait se construire un radeau pour descendre 200 kilomètres de rivière, et ils m'ont aidé comme si j'étais un des leurs. Ce fut un moment merveilleux. Après avoir rassemblé une bonne douzaine de gros bambous, on a commencé à fixer le tout sur deux chambres à air de pneus, pour rendre l'embarcation stable. Malheureusement, alors qu'on était en plein ouvrage, la police des frontières indienne est arrivée et m'a dit qu'il était strictement interdit de voyager sur la rivière et même de marcher sur la rive car c'était une frontière internationale. Ils m'ont confisqué le bambou et ont même emporté mon passeport pour la nuit afin d'éviter que je ne mette mon plan à exécution. Ils ont eu raison car c'était effectivement ce que j'avais prévu. Le lendemain matin, ils m'ont rendu mon passeport et m'ont mis dans un bus pour que je retourne d'où je venais. Je suis monté en ayant pris soin de garder mes deux chambres à air de pneus. Cinq kilomètres après avoir démarré, j'ai demandé au chauffeur de me déposer.

Cette histoire de frontière et d'autorisation m'avait mis très en colère. Il était hors de question que je renonce à mon projet, c'était une question de principe ! Je suis donc sorti du bus et j'ai commencé à marcher vers la rivière en passant cette fois par la jungle. Ce fut une entreprise très périlleuse. Chargé de deux chambres à air de pneus et de mon gros sac rempli de provisions pour deux semaines de navigation, j'ai descendu 600 mètres de dénivelé à travers la végétation. J'ai bataillé à chaque seconde pour avancer entre les énormes *Nephila pilipes*, des araignées grosses comme des assiettes, les chutes et les ravins que j'ai dû descendre en rappel. Le soir venu, j'ai finalement atteint la rive, à quelques dizaines de mètres seulement de Jhulaghat, là où la police m'avait arrêté. J'avais trop peur de me faire attraper, alors malgré la nuit qui tombait, j'ai décidé de partir sur-le-champ pour mettre un peu de distance entre les policiers et moi. J'ai attaché mon sac sur une des bouées, je me suis mis dans la deuxième et j'ai plongé dans l'eau glaciale. Cette rivière, vu ce qu'on m'en avait dit, me terrifiait déjà, mais m'y aventurer dans l'obscurité était encore pire. Je redoutais de me faire prendre dans un rapide trop violent ou pire un siphon qui m'aurait emprisonné dans les profondeurs. En quelques minutes mes peurs se sont trouvées justifiées quand le premier rapide m'a éjecté hors de ma bouée – j'ai même failli laisser s'échapper toutes mes affaires emportées par le courant. La rivière a tourné et je me suis finalement échoué sur une plage. Frigorifié mais à l'abri, je me suis allumé un grand feu et j'ai dansé comme un fou, seul autour des flammes, en savourant ma liberté retrouvée. Je l'aurais mon radeau, la jungle allait m'offrir tout ce dont j'avais besoin pour le construire !

## Comment fabriquer un radeau pour descendre une rivière himalayenne

C'est après une semaine sur la rivière à naviguer sur des chambres à air de pneus que j'ai décidé de construire le premier radeau de ma vie comme je l'avais rêvé. On sait que ma première tentative de construction avait été stoppée par la police des frontières indienne. Quant à ma deuxième tentative, elle semble avoir été inventée de toutes pièces tellement elle fut surréaliste.

Je m'étais donné deux jours pour construire mon embarcation. Sous l'œil curieux des singes houlemans, je me suis mis à abattre des jeunes arbres d'un diamètre d'environ 15 centimètres. Je devais ensuite les débarrasser de leurs branches, puis couper les troncs en deux. Après plusieurs heures, j'étais parvenu à rassembler une bonne quinzaine de troncs d'arbres, cela devrait être suffisant pour que le radeau flotte sur l'eau. Il était donc temps de transporter mes rondins jusqu'au bord de la rivière et d'accrocher solidement le tout.

J'étais en train de rapporter mon septième rondin sur la rive quand j'ai vu sortir cinq militaires de la forêt.

Moi qui croyais être seul au milieu de la jungle j'ai eu du mal à y croire, mais j'ai vite repris mes esprits et je me suis dirigé vers eux avec un air confiant et un grand sourire. J'ai rapidement été rassuré sur l'objet de leur visite : leur base était en haut de la colline et en m'observant de là-haut, ils se demandaient simplement ce que je pouvais bien construire. Ils avaient donc décidé de venir me voir. Je n'ai pas bien compris à quoi pouvait bien servir une base militaire à cet endroit. Il s'agissait sûrement d'une base symbolique pour signaler que l'armée indienne surveillait ses frontières, mais la bonne nouvelle, c'est que contrôler les gens ne faisait pas partie de leurs missions. Cette tâche était exclusivement réservée à la police. Manifestement, les cinq hommes s'ennuyaient un peu, du coup ils se sont montrés très amusés et enthousiastes quand je leur ai expliqué que j'étais en train de fabriquer un radeau. Encore mieux, ils se sont tous mis à m'aider pour construire l'embarcation la plus solide possible. L'un d'eux est même parti chercher de la corde dans leur cabane, ne trouvant pas la mienne suffisamment robuste. Ensemble, nous avons terminé le radeau en moins d'une heure et j'étais très content du résultat. Avant que je reparte sur la rivière, un des militaires m'a apporté une assiette remplie de riz et de dahl. J'ai tout dévoré, plein de gratitude pour ces hommes si sympathiques et bienveillants. Enfin j'ai mis mon bateau à l'eau et je me suis dirigé vers le sud en saluant une dernière fois mes amis qui remontaient dans leur base.

Pendant une semaine, j'ai descendu la rivière sur mon radeau. Le courant me faisait avancer vite, cette rivière n'était franchement pas calme. Les rapides étaient partout et certains étaient d'une puissance terrifiante, les vagues se dressaient devant moi comme des bouches prêtes à m'avaler. Plusieurs fois chaque jour, j'étais éjecté de mon embarcation et emporté dans le torrent de ces eaux déchaînées, puis tout se calmait et je remontais à la surface. Je me prenais pour un véritable Tarzan sur mon radeau. C'était incroyable de me dire qu'il y avait quelques semaines de cela, ma bouteille gelait toutes les nuits dans les montagnes et moi avec. Désormais je vivais entièrement nu. J'avais l'impression d'avoir atteint le paradis. Régulièrement, je m'arrêtais sur les petites plages qui bordaient les rives. C'était comme si je passais d'île en île, perdu au milieu du Pacifique. Là, je m'allongeais sur le sable brûlant pour me réchauffer, puis j'explorais les lieux, j'examinais le sol à la recherche de traces d'animaux. Ici celle d'un serpent, là celles des petites mains de macaques. Souvent, je m'aventurais dans la jungle où je tombais sur des piscines naturelles : de grands trous creusés dans la roche polie comme une pierre précieuse et remplis d'eaux turquoise. Reliant une piscine à l'autre, tel un collier de perles, des cascades tombaient et se frayaient un passage à travers la végétation jusqu'à la rivière.

Lorsque la nuit s'annonçait, je choisissais la plus jolie des plages et je m'endormais à la lumière des lucioles qui virevoltaient au-dessus de moi comme des étoiles vertes et dansantes.

## Comment remplacer tous les objets industriels de son sac à dos par la nature

À 23 ans, en rentrant de mon expédition alaskienne, j'ai pris conscience d'une contradiction qui persistait dans mes voyages. Je prétendais me rendre dans les endroits les plus sauvages de la planète pour me défaire de la civilisation et réapprendre à vivre sur Terre, pourtant j'emportais la ville avec moi dans mon sac à dos. Une tente, un duvet, un briquet, un sac, tous ces objets industriels dont la création avait participé à la destruction du vivant. Me libérer de la ville, être autonome, signifiait me déposséder de tous les objets de mon sac à dos pour les remplacer par des alternatives naturelles. Tel a donc été l'objectif de mon expédition au sommet du monde.

Cent cinquante jours plus tard, mon aventure s'achevait. Ce matin-là, je suis sorti de ma petite cabane en bois et en pierre, j'ai éteint le feu allumé par friction. Mon sac tissé sur le dos, ma peau de chèvre sur les épaules, mon bambou à feu dans la main droite, je me suis mis en route pour les derniers pas de l'expédition.

J'étais parvenu à me séparer de quatre objets fondamentaux pour qui souhaite partir dans le sauvage. Mon sac, que j'avais remplacé en m'en tissant un nouveau en bambou. Ma tente, dont je m'étais passé en dormant dans des grottes ou en me construisant des abris en pierre et en bois. Mon duvet, abandonné après avoir cousu deux peaux de chèvre offertes par des bergers du village de Dunai. Surtout, j'avais réussi à me libérer de mon briquet en créant une flamme de mes propres mains, par friction.

Certes, mon objectif n'était pas complètement atteint, je ne m'étais pas séparé de tout le contenu de mon sac à dos, je savais qu'il me restait énormément à apprendre et à perfectionner, néanmoins, en me levant ce matin-là, j'ai eu un immense sentiment de liberté : une étrange métamorphose avait eu lieu.

Cette expédition émanait d'une volonté de retour à l'origine, à la nature sauvage intouchée par l'homme. J'avais besoin de trouver un endroit plus simple, plus pur, de vivre une vie plus substantielle et heureuse. Je crois avoir trouvé cet équilibre sur les crêtes himalayennes. Dans cet endroit si reculé où j'ai dû m'adapter à la nature et non la soumettre à mes besoins comme on me l'avait appris en ville. Ici, j'avais dû tout faire de mes propres mains et j'ai compris que loin de nous rendre plus libres, de nous faire progresser, la surtechnologie qui nous enchaîne à la civilisation nous apprenait à désapprendre et nous aliénait.

Seul dans les montagnes du Dolpo, marchant droit vers mon objectif final, le lac Phoksundo, je me suis souvenu du début de l'expédition, quand tout me faisait peur, quand tout me paraissait hostile. J'ai ressenti le sauvage plus fort de jour en jour, de semaine en semaine, je me suis adapté à lui, je m'y suis intégré, j'ai fini par en faire partie, je ne le voyais plus comme un ennemi. Avec mes maigres réserves de nourriture, un confort envolé, et un temps rythmé par le bruit de mes pas depuis quatre mois, je me suis demandé si la civilisation me manquait. J'ai compris que seule l'absence des êtres aimés me pesait, et qu'à part ça, je me contentais du monde tel qu'il était et le considérais déjà comme un beau programme.

Après huit heures d'ascension, les premiers flocons de l'hiver sont tombés et le lac le plus profond du Népal est enfin apparu devant mes yeux, à 3 700 mètres d'altitude. Devant moi il s'étendait, immense, d'un bleu océanique, entouré d'immenses pics de pierre enneigés. Je me suis assis longuement sur ses berges, immobile, prenant conscience de ce que ce moment signifiait. Il n'y avait plus que le lac, moi et la nature sauvage de l'Himalaya, cette nature qui m'avait tout appris, qui m'avait tout donné, que j'aime bien plus que tout ce qu'on fabrique en la détruisant. Je lui ai promis de revenir un jour et de continuer à réapprendre à vivre en son sein. L'hiver était arrivé. Il était temps pour moi de rentrer. Avant de repartir.

# NOS AMIS LES ANIMAUX

La civilisation a horreur de l'altérité, elle honnit ce qui n'est pas elle et si on ne l'arrête pas, elle ira jusqu'à atteindre son but, à savoir tout engloutir. Comment croire à une forme de vie qui n'aurait de cesse que d'éliminer le vivant ? Je suis terrifié par l'idée d'un monde où les villes folles continueraient à s'étendre encore et encore. Où les routes lacéreraient de nouveau la Terre comme un fouet dans la chair d'un dos meurtri. Où le goudron et le ciment couleraient toujours en cascade pour finalement recouvrir tout le globe. Un monde qui serait de moins en moins riche, de moins en moins magique, de moins en moins divers, un monde finalement mort.

Voilà pourquoi rien au monde ne me rend plus heureux que de voir des animaux sauvages. Cela me procure des émotions intenses, parfois jusqu'à en avoir les larmes aux yeux. Savoir que des êtres parviennent encore à vivre dans la nature, hors d'atteinte de la civilisation, me rassure, me soigne, me rend optimiste. Je considère que la chose la plus précieuse sur cette Terre est l'existence de lieux où la vie est permise, où elle prospère, où l'on ne voit nulle trace de modernité.

Ce sont les derniers espaces libres, indépendants, purs et encore intouchés par les machines qui chaque jour tuent la planète.

## Comment prétendre être un expert en équitation pour acheter un cheval à bas prix

Le début d'une expédition est souvent le moment le plus dur. On passe de son environnement naturel, Paris dans mon cas, à un territoire où tout nous est inconnu, la langue, les coutumes, les gens, la nature. Le choc est toujours brutal car c'est très compliqué d'avoir des informations précises sur les lieux où j'organise mes expéditions. Je choisis les lieux les plus sauvages, donc les moins visités, que le monde n'a pas encore envoûtés. Les gens qui les peuplent sont le plus souvent des nomades, des chasseurs-cueilleurs, des ermites ou bien des bergers de petits villages, et aucun d'entre eux ne possède un blog où il partage ses « bons plans » et ses « conseils pratiques pour une superbe randonnée ». Si bien que c'est souvent sur place que se prépare l'expédition. Il faut alors apprendre tout ce qu'on doit savoir et vite s'adapter, mais certaines difficultés sont telles qu'elles nous donnent envie d'abandonner et de décamper au plus vite. L'achat d'un cheval en pleine steppe sans parler un mot de mongol par exemple. Je me rappelle ces jours difficiles où je venais d'arriver en Mongolie. Tout était nouveau autour de moi, mais je n'avais pas le luxe de m'acclimater tranquillement. Je devais trouver un cheval pour commencer mon expédition sous peine de prendre trop de retard. De village en village, de yourte en yourte, je tentais du mieux que je pouvais d'acheter un cheval à des éleveurs qui ne me prenaient pas du tout au sérieux. Ils tentaient sans arrêt de me vendre leur monture la plus mauvaise, voyant en moi un imbécile de touriste plein d'argent qui n'y connaissait absolument rien et qui, par conséquent, n'y verrait que du feu. Après plusieurs jours à me faire balader de la sorte, l'impatience et la très nette impression d'être pris pour un idiot commençaient à s'installer et j'ai décidé de reprendre les choses en main en changeant de technique.

Le jour suivant je suis allé à la rencontre d'un nouvel éleveur et je me suis présenté d'un ton assuré comme un expert en équitation afin d'obtenir un peu plus de considération et surtout d'éviter de me faire arnaquer. La vérité, c'est que j'avais dû monter sur un poney une ou deux fois étant enfant et, même à l'époque, j'étais plutôt médiocre. L'éleveur a alors sorti un cheval et, avec l'air très sérieux de celui qui sait de quoi il parle, j'ai tourné autour en faisant mine d'analyser les moindres parties de son corps. En réalité mes yeux étaient fixés sur ses gros sabots qui me terrifiaient. J'ai même demandé qu'on me montre ses dents pour « vérifier son âge », j'avais lu ça dans un article avant de partir. Après avoir gagné un maximum de temps avec mon petit spectacle, le moment que je redoutais tant est arrivé : monter sur le cheval.

Face à un public de quatre personnes qui ont su galoper avant de savoir marcher, c'est les genoux tremblants mais l'air déterminé que j'ai enfourché la selle. Et là, sans aucun ordre de ma part, le cheval est parti au galop. La vitesse m'a semblé vertigineuse, tous mes muscles se sont contractés et je serrais mes jambes aussi fort que possible pour ne pas tomber. Me rappelant la présence de mon public, je suis parvenu à reprendre mes esprits et j'ai tiré les rênes du cheval vers la droite. Ma monture a obéi aussitôt, ralenti et fait demi-tour avant de reprendre de la vitesse pour finalement stopper net devant les quatre paires d'yeux qui ne m'avaient pas quitté une seconde durant toute la scène. J'ai eu l'impression qu'ils n'avaient pas détecté mon amateurisme. Quoi qu'il en soit j'étais très content de ce cheval, et quelques minutes plus tard j'en étais l'heureux propriétaire.

## Comment cohabiter avec un cheval schizophrène

Il y a une différence de taille entre la Mongolie et le reste du monde. En Mongolie, aucun animal n'est constamment enfermé et, l'immense majorité du temps, les bêtes vivent librement dans la steppe. Contrairement à chez nous où la quasi-totalité des animaux sont parqués derrière des clôtures, là-bas ces dernières sont surtout utilisées pour les plantes. C'est donc l'inverse de ce à quoi nous sommes habitués : les clôtures pour l'agriculture, la liberté pour les bêtes. C'est formidable de voir des hardes de chevaux courir en créant un immense nuage de poussière, et des vaches se rafraîchir dans les rivières. Forcément, cette liberté implique que les animaux ont un autre comportement en Mongolie que chez nous. Les chevaux en particulier, et je peux dire que j'en ai sacrément fait l'expérience.

Pour être honnête, décider de traverser tout un pays en compagnie de l'un d'entre eux alors que je n'y connaissais strictement rien n'a probablement pas facilité les choses. Mais je suis convaincu que même si j'avais été un expert la situation n'aurait pas été si différente, pour la bonne et simple raison que mon cheval était sauvage et qu'au début de notre périple il n'avait aucune confiance en moi. Les deux premières semaines, son jeu préféré était de me balancer des coups de sabot dans les genoux dès qu'il en avait l'occasion. Un jeu très amusant. Mais mis à part ça, il y a un autre élément qui a rendu notre relation très conflictuelle : Numéro 6 (c'est ainsi que je l'avais baptisé) était complètement taré ! Je ne suis pas un spécialiste mais, selon mon diagnostic, il était atteint d'une schizophrénie aiguë. Cela se matérialisait de diverses manières. Une fois, une mouche qui passait près de lui l'a frappé de terreur et j'ai alors eu droit, moi qui n'avais jamais fait d'équitation, à une séance de rodéo. Une autre fois, c'est une pierre blanche qui l'a effrayé, mais pour le coup je n'étais pas sur son dos, je marchais plusieurs mètres devant lui, le tenant par une corde. C'est pour cette raison que ça s'est encore plus mal passé. Affolé par la pierre blanche, il est parti au triple galop. Par réflexe stupide je me suis accroché à la corde et j'ai été projeté par terre 2 mètres plus loin avant de me faire traîner dans les cailloux pour enfin lâcher la corde, les doigts brûlés.

À chacun de ces événements, j'ai dû m'armer de patience pour calmer mon cheval et user d'une grande diplomatie. Je lui parlais avec toute la douceur dont j'étais capable et tentais de le rassurer, de lui faire comprendre que tout allait bien et qu'il n'était pas en danger. En réalité je bouillonnais de rage et j'avais envie de lui crier que je le vendrais au premier boucher que je croiserais s'il me refaisait le coup.

À la fin de nos deux premières semaines de vie commune, j'ai réalisé que toutes ces péripéties m'épuisaient et que j'avais peur de cette grosse bête nerveuse qui pouvait partir au quart de tour à n'importe quel moment. Alors, arrivé au village d'Ikhtamir, j'ai décidé, à bout de forces, de le vendre. Mais Numéro 6 m'a de nouveau joué un tour : vers 2 heures du matin, la femme chez qui j'avais trouvé un lit m'a réveillé en sursaut pour m'apprendre que mon cheval était parvenu à s'enfuir. Toute la nuit je l'ai cherché à moto, avec l'aide d'un villageois, sans rien trouver. Puis le soleil a commencé à se lever. J'étais complètement déprimé quand soudain un point blanc est apparu sur l'horizon vert. C'était lui. Alors que nous étions tout proches, quelque chose de très étrange s'est produit. J'ai dit au motard de s'arrêter et j'ai commencé à m'approcher de Numéro 6 aussi doucement que possible. Et là, je n'en ai pas cru mes yeux, mais il est venu vers moi au petit trot et nous nous sommes retrouvés comme deux vieux amis.

Après cet épisode, plus une seule fois je n'ai pensé à me séparer de mon compagnon, nos relations se sont considérablement améliorées et nous avons fini par nous faire confiance. J'ai découvert le côté sympathique de Numéro 6 et je me suis beaucoup attaché à lui. Quand j'ai dû le quitter pour me rendre dans le désert de Gobi j'avais une grosse boule au ventre. Il prend désormais sa retraite à côté du village d'Ouliastai et je pense souvent à lui.

## Comment vivre dans une région où l'on croise plus de grizzlys que d'hommes

Lors de ma descente du Yukon j'ai croisé trois ours depuis mon canoë. Je n'en ai pas eu peur. Sur la rivière, ils sont habitués à être chassés par les hommes, donc ils nous fuient autant que possible. Ceux que j'ai vus sont d'ailleurs tous partis en courant dès qu'ils m'ont aperçu. Je ne les ai jamais considérés comme une menace ou un problème, au contraire je rêvais d'en voir plus.

Cela a été une tout autre histoire lorsque mon périple à pied a commencé. Les régions que j'allais traverser étaient quasiment inhabitées (en un mois et demi de marche je croiserais seulement deux villages amérindiens peuplés par quelques dizaines d'individus). Dans cette partie de l'Alaska, les ours sont différents : la plupart n'ont jamais croisé d'homme, ils n'en ont donc pas peur. Beaucoup d'histoires qu'on m'a racontées avant mon départ m'ont fait froid dans le dos. De nombreux Alaskiens que j'ai rencontrés avaient au moins une ou deux anecdotes sur la façon dont ils avaient échappé de justesse à l'attaque d'un grizzly, la plupart du temps parce qu'ils possédaient une arme à feu, ce qui n'était pas mon cas. L'un d'entre eux m'a même dit que, souvent, quand il allait pêcher sur son canoë, des grizzlys le poursuivaient en courant sur la rive avant de tenter d'atteindre l'embarcation. Il n'avait qu'à allumer son moteur pour les semer mais que se serait-il passé s'il avait été à terre ? « Il y aurait eu une confrontation », a-t-il conclu. L'histoire de loin la plus terrifiante m'a été racontée par Tom, un trappeur qui m'a aidé à préparer ma marche. Il m'a parlé d'un jeune touriste polonais qui souhaitait randonner dans les Ray Mountains que j'étais moi-même supposé traverser. Du Polonais, on n'a retrouvé que les affaires qu'il avait laissées dans un des abris de Tom. Personne ne l'a plus jamais revu malgré l'acharnement de ses parents et les recherches en hélicoptère. Selon Tom, « un grizzly l'a eu ».

C'est donc avec toutes ces belles histoires en tête que j'ai commencé à marcher. J'étais complètement terrorisé et mon objectif était de me tenir le plus loin possible des grizzlys. J'avançais, attentif à chaque forme au loin, à chaque mouvement qui s'imprimait au coin de mon œil. Je me répétais les règles qu'on m'avait énumérées. Face à un ours noir il faut se faire plus gros qu'on ne l'est, crier, ouvrir ses bras, tenter de l'effrayer et, s'il attaque, on doit se défendre de toutes ses forces. Mais face à un grizzly, c'est tout le contraire, il faut éviter de le regarder dans les yeux, parler calmement, reculer très lentement seulement s'il part le premier. En cas d'attaque, l'unique option est de se mettre en position fœtale et de faire le mort. En fonction de vos talents d'acteur vous aurez peut-être une chance de survie.

C'est en sortant d'un bois que j'ai rencontré mon premier grizzly. Il était à une trentaine de mètres, en train de manger des myrtilles en bordure du bois. Le plus doucement possible j'ai fait demi-tour, mais juste avant d'atteindre la lisière j'ai eu l'impression qu'il m'avait repéré. J'ai jeté mon sac à terre et j'ai couru comme un fou entre les arbres pour finir par me réfugier en haut de l'un d'eux. Je suis resté perché là pendant des heures. En y repensant, je suis presque sûr que l'ours ne m'avait pas vu.

Le deuxième grizzly que j'ai croisé, en revanche, m'a vu, lui. Il n'y a aucun doute là-dessus. Je marchais tranquillement au bas d'une colline quand une grosse chose a foncé sur moi du haut du coteau. C'était un énorme et magnifique grizzly au pelage doré, presque blanc. Il a stoppé sa course net, à une dizaine de mètres de moi, m'a regardé quelques secondes et est reparti en courant dans l'autre sens, avec l'air d'un gosse ravi d'avoir réussi sa farce.

En m'enfonçant de plus en plus dans le sauvage, je croisais des grizzlys quasi quotidiennement. J'ai fini par m'habituer à leur présence, à comprendre comment me comporter pour limiter les risques et ne plus en avoir peur. J'ai donc pu les observer pendant des heures et parfois d'assez près. Mais je savais aussi quand rester caché et éviter tout contact avec eux. Cela m'est notamment arrivé vers la fin de la marche. Je m'apprêtais à franchir une rivière, un poisson pêché plus tôt enfermé dans mon sac, quand quelqu'un d'autre a traversé la rivière à son tour. C'était le plus gros grizzly que j'ai vu de toute mon expédition. Le plus discrètement possible je me suis tapi derrière un rocher en priant pour qu'il ne sente pas mon dîner dans mon sac à dos. Par chance, mon stratagème a fonctionné.

Ce que j'ai appris, c'est qu'en respectant certaines règles simples et en considérant ces magnifiques bêtes pour ce qu'elles sont, à savoir des animaux terriblement puissants et les maîtres de ces lieux, en évitant de les surprendre, en évitant de se promener avec une odeur de poisson sur soi, en gardant certaines distances, on ne court quasiment aucun risque de se faire attaquer à cette période de l'année où la nourriture abonde.

Nos rencontres ont sans aucun doute été les moments les plus forts de mon voyage. J'ai eu l'impression en échangeant un regard quelques secondes avec l'un d'eux de vivre l'intensité de plusieurs années. Les ours comptent parmi les plus beaux et les plus magistraux êtres qui habitent notre planète et ils sont l'une des principales raisons qui font du Grand Nord mon paradis sur Terre.

## Comment survivre à l'attaque d'un ours

S'il y a bien une règle à respecter au pays des ours, c'est de ne pas passer trop de temps près des rivières. C'est là où sont les saumons, c'est là où les ours patrouillent. Enfreindre cette règle peut vous mettre en danger de mort et j'en ai fait l'expérience. Cela faisait environ deux semaines que je marchais seul et chaque jour était plus difficile que le précédent. Je venais de passer toute la journée à avancer dans une forêt étouffante, à monter et à descendre des collines, suivant des cartes imprécises et m'en remettant surtout à ma boussole. À la tombée du soir, j'ai débouché sur une magnifique rivière bordée d'une plage de sable. Je m'y suis précipité comme si je regagnais la surface après avoir été piégé dans un océan de végétation.

Ce fut une véritable libération que de retrouver un peu d'espace, de marcher sur du plat, de revoir l'horizon. Le seul petit problème est qu'il y avait des traces d'ours partout sur le sable. Ce détail ne m'a pas empêché d'y planter ma tente.

La fatigue m'a rendu imprudent. En fait je crois que je m'en foutais complètement des ours à cet instant.

Je ne voulais tellement pas retourner dans la forêt que je me suis persuadé qu'ils fuiraient à la vue de ma tente. Le risque était trop tentant. Par paresse, j'ai pris une décision qui a mis ma vie en danger.

Je me suis donc installé confortablement, j'ai allumé un feu et j'ai commencé à préparer mon repas. Après avoir mangé, je me suis approché de la rivière pour faire ma vaisselle et, bien sûr, ce qui devait arriver est arrivé. En tournant la tête, j'ai vu ma tente et, au-dessus, un ours noir en train de la démonter. À 20 mètres de moi, l'animal agitait ses grosses pattes pour aplatir mon abri et plantait ses crocs dans la toile pour la déchirer. Je suis resté quelques secondes sans comprendre ce qu'il se passait. Puis j'ai commencé à paniquer. « Qu'est-ce que je vais devenir sans tente ici, à des dizaines de kilomètres du dernier village ? Pour moi, cette tente est ma maison, elle me protège du dehors. Je dois y aller ! Je dois aller défendre mes affaires ! » La peur m'a mis dans un état de transe très étrange où j'ai associé la survie de ma tente à la mienne. Au lieu de fuir et de laisser l'ours détruire tranquillement mon abri, je me suis convaincu qu'il fallait que je l'arrête par tous les moyens.

J'ai saisi ma bombe à poivre et je me suis dirigé vers la bête en poussant les cris les plus terrifiants dont j'étais capable. Je hurlais comme un monstre, j'avais l'impression de vivre quelque chose de très grave qu'il fallait stopper au plus vite. Mais l'ours ne montrait aucune réaction à mes cris, au contraire il a attrapé la tente dans sa gueule et s'est mis à la tirer dans tous les sens. Arrivé à 10 mètres de lui, j'ai saisi une grosse pierre et l'ai lancée dans sa direction sans l'atteindre. C'est là qu'il a daigné me regarder. Il a lâché sa prise et m'a fixé droit dans les yeux.

Le duel avait débuté et je n'avais pas d'autre choix que de le remporter. Il fallait que j'applique les conseils de Tom, c'est-à-dire bluffer et lui faire croire qu'il n'avait aucune chance contre moi, je devais lui montrer que je n'avais pas du tout peur, que j'étais prêt à me battre. La deuxième pierre que je lui ai envoyée l'a touché et il s'est immédiatement réfugié dans la forêt. J'ai cru être tiré d'affaire et je me suis dirigé vers ma tente pour examiner les dégâts, mais en me retournant j'ai vu que mon assaillant était de retour et s'avançait vers moi d'un pas déterminé. Ses petits yeux rivés sur moi et d'épais filets de bave tombant de sa gueule ouverte, il s'est tout à coup jeté en avant en frappant le sol. J'ai poussé un hurlement de frayeur mais j'ai dû vite reprendre mes esprits car il n'était plus qu'à quelques mètres. J'ai attendu qu'il s'avance tout près et là j'ai activé la détente de mon spray en plein dans sa gueule. Je l'ai vu s'arrêter puis se réfugier de nouveau dans la forêt. Mais ce n'était toujours pas fini. Il est revenu à la charge deux fois. La confrontation a duré trente minutes entrecoupées par les allers-retours de l'ours dans la forêt pour essuyer sa gueule couverte de gaz. Une fois la quasi-totalité de mon spray utilisée, j'ai profité de ses absences pour rassembler de gros cailloux afin d'être prêt pour l'affrontement suivant. Sans interruption, je lui ai jeté des pierres en hurlant et j'ai arrosé la forêt comme une catapulte sans savoir exactement où il se trouvait. Il a fini par abandonner et je l'ai vu sortir de la forêt tout au bout de la plage. Sans y réfléchir et pour vraiment marquer ma victoire, j'ai empoigné deux grosses pierres et à mon tour je lui ai foncé dessus. Il a battu en retraite, a couru de nouveau vers la forêt et a disparu pour de bon.

Toute la nuit je me suis demandé s'il fallait que j'arrête mon voyage, que j'abandonne. Mais le lendemain matin je me suis réveillé en me disant que ce duel était la chose la plus incroyable qui me soit arrivée de toute ma vie. J'ai donc décidé de poursuivre. En revanche, je n'ai plus jamais planté ma tente près d'une rivière et je n'ai plus jamais été attaqué par un ours après cet épisode. En y repensant, je n'ai aucune rancune envers cet ours noir. Après tout, il a eu une réaction tout à fait normale pour un type qui rentre chez lui et qui tombe sur une tente au milieu de son salon !

## Comment observer un loup à moins de 10 mètres pendant une demi-heure

Cela fait deux mois que je suis en Alaska et je commence à entrer dans la toundra, ce territoire au-dessus du cercle polaire arctique où les arbres ne poussent plus. Je marche dans une vallée, bordée par deux chaînes de montagnes. La vallée ne cesse de s'élargir. Un immense plateau se crée maintenant entre les monts et la rivière, et j'ai l'impression, face à ces étendues infinies, d'être à nouveau dans la steppe mongole. Il y a encore des arbres ici et là, mais rien à voir avec les forêts précédentes. Tout est dégagé, tout s'éclaircit, je réapprends à voir loin.

Soudain, je me rends compte que quelque chose bouge entre deux arbustes. Doucement, j'avance encore d'un pas pour identifier la bête. J'aperçois le haut d'un dos et une large fourrure. Encore un grizzly ! Je fais demi-tour immédiatement. Même si je les trouve beaux, ces animaux me font très peur. Je cache mon sac derrière une grosse pierre et, armé de mon spray, je retourne vers l'ours le plus discrètement possible. Il me faut quelques secondes pour le localiser à nouveau, mais j'arrive finalement à repérer sa fourrure qui s'anime. Je me rapproche encore. Il a l'air d'être petit, son dos est au moins deux fois moins large que celui de la bête que j'ai vue il y a à peine trois heures. Tiens, une queue ? Les grizzlys n'ont pas de queue. Une tête se lève hors des buissons et je découvre un long museau et deux oreilles pointues.

Mon premier loup arctique.

Il ne m'a pas encore vu, le vent souffle de face, si bien qu'il ne peut ni m'entendre ni me sentir, alors je m'approche encore plus près. Il s'affaire, trottant d'un endroit à l'autre pour manger des myrtilles. Son corps a la grâce d'un envol, il se déplace avec une incroyable aisance et je le suis en faisant le moins de bruit possible. Je ne suis plus qu'à 20 mètres de lui désormais. Je l'observe en détail. Son pelage gris-brun, ses longues pattes fines, son corps robuste mais un peu maigre sur lequel je distingue le dessin de ses côtes, et puis ce regard, si alerte, si intelligent.

Longtemps, je le suis à la trace mais il finit par me sentir. D'un coup il lève la tête, me fixe, les oreilles dressées, dans une immobilité parfaite, puis il s'enfuit à toute vitesse. Il se retourne un peu plus loin et on se regarde longtemps, les yeux dans les yeux. Enfin il disparaît. J'ai du mal à croire ce que je viens de vivre aujourd'hui. C'est un des plus beaux jours de ma vie.

## Comment sauver son cheval d'une chute mortelle

On me demande souvent si je n'ai pas trop peur pour ma vie pendant mes expéditions. Ce n'est pas le cas. À vrai dire je m'efforce de ne pas prendre de risques inconsidérés et d'être le plus prudent possible. Je n'ai aucune honte à faire demi-tour pour passer par un autre chemin si je considère que celui que j'emprunte est trop dangereux. En revanche, en Himalaya, j'ai vraiment eu peur pour mon compagnon de voyage, Robert, mon cheval, qui a eu un accident qui aurait pu lui être fatal.

Cela faisait un mois que nous progressions sur des sentiers d'altitude, à des hauteurs vertigineuses, et à mesure que nous nous dirigions vers notre objectif, le col de Manirang, les éboulements de pierres sur notre passage devenaient de plus en plus effrayants. Il fallait être concentré sur chaque pas. Après quatre heures de marche, un obstacle a surgi devant nous : un gigantesque rocher encastré dans la montagne. Pas le choix, nous devions le traverser pour poursuivre.

Doucement, on a commencé à s'aventurer sur la surface lisse. On a avancé de quelques mètres, moi devant, en éclaireur, quand soudain la corde qui me reliait à mon cheval m'a projeté violemment en arrière et j'ai glissé dans le ravin. Robert se débattait pour se remettre debout, paniqué, mais ça ne faisait qu'accélérer sa descente. Mon cœur battait à toute vitesse, s'il continuait sa chute, il allait s'écraser 20 mètres plus bas. De toutes mes forces, j'ai tiré sur la corde pour le freiner mais rien n'y faisait et j'étais entraîné moi aussi vers le vide. Horrifié, je le voyais déjà tomber dans le ravin et mourir. Mais d'un coup tout s'est arrêté. Une minuscule corniche retenait mon cheval. Il était impossible pour lui de se relever, ni même de bouger sous peine de glisser 15 mètres plus bas et de se blesser mortellement.

J'ai tout tenté pour le sortir de là seul, mais j'ai vite dû me rendre à l'évidence, moi et mes 60 kilos étions incapables de soulever un cheval. Après de longues minutes d'angoisse, j'ai compris qu'il n'y avait qu'une chose à faire : revenir au dernier village que j'avais croisé, 20 kilomètres plus loin, 1 000 mètres plus bas.

J'ai laissé toutes mes affaires sur place, embrassé Robert et je lui ai dit de m'attendre sans bouger. Je lui ai promis de revenir le sauver et je suis parti en courant chercher de l'aide. C'est à la tombée du jour que je suis arrivé au village de Mane Yogma. Rapidement, une équipe s'est organisée pour aller secourir le cheval : moi, Tanzin et Karma, deux villageois. Munis de lampes torches et de cordes pour tracter l'animal, on s'est mis en route pour six heures d'ascension en pleine nuit. Après avoir déjà effectué un aller-retour, j'étais épuisé avant même de repartir, mais j'avançais en pensant à la survie de mon cheval même si je savais que les chances de le retrouver en vie étaient extrêmement maigres. On est arrivés sur le lieu de l'accident, à 4 800 mètres d'altitude, à 2 heures du matin. J'ai pointé la lampe torche là où j'avais quitté mon cheval dix heures plus tôt. Il ne restait plus que sa selle…

Une peur terrible m'a envahi tout le corps, je ne voulais pas y croire. Je suis resté immobile, incapable de faire un pas de plus et, doucement, avec ma lampe torche, j'ai balayé la pente jusqu'au sol, 15 mètres plus bas. Je ne me sentais pas le courage de supporter la vision de Robert étalé par terre, mort, et ma main tremblait à mesure qu'elle dirigeait la lampe vers le bas de la pente.

Et puis finalement je l'ai vu, il était là, dans le faisceau de lumière, debout sur ses quatre pattes. Il a tourné la tête et m'a regardé d'un air tranquille qui disait : « Qu'est-ce que t'as foutu pendant dix heures ? » Je n'en ai pas cru mes yeux, j'ai explosé de rire et je me suis précipité pour le serrer dans mes bras. J'étais donc tombé sur le seul cheval cascadeur de l'Himalaya. Nous avons atteint le village à 6 heures du matin. Robert s'en est sorti avec quelques égratignures et il a eu droit à une double ration de foin et à une semaine de repos.

Quant à moi, j'avais marché vingt heures d'affilée, parcourant plus de 60 kilomètres avec 3 500 mètres de dénivelé. Cet événement a été le pire de tout le voyage, je m'en suis terriblement voulu d'avoir mis ce petit cheval que j'aimais tant en danger et je n'ai plus jamais fait ce genre d'erreur.

## Comment gravir un glacier à 5 600 mètres d'altitude avec un cheval

Avec mon cheval Robert, on se dirige vers l'Himachal Pradesh, l'État limitrophe du Ladakh où nous nous trouvons encore. Aujourd'hui l'objectif est de gravir le col de Parang La. Un col à 5 600 mètres d'altitude recouvert d'un gigantesque glacier. Depuis que nous avons quitté le lac de Tso Moriri il y a une semaine, nous n'avons pas croisé âme qui vive. Le décor est magnifique, je remonte une rivière qui zigzague sur un immense plateau. Entouré de ces montagnes gigantesques, j'ai l'impression d'être seul au monde, à l'abri, introuvable, caché comme une aiguille dans une botte de foin ou comme un homme perdu au milieu de la plus grande et plus haute chaîne montagneuse du monde.

La rivière tourne et enfin je fais face au glacier. Il envahit tout le paysage comme une gigantesque masse blanche. L'air froid et puissant m'enrobe tout le corps, je suis aussi terrifié qu'impressionné par ce monstre de glace que je m'apprête à gravir. Il est déjà tard, pas le temps d'hésiter et je fais mon premier pas vers le col. C'est la première fois de ma vie que je m'aventure sur un glacier. Ce qui m'inquiète le plus est de tomber dans une crevasse. Pour me rassurer, je m'encorde à mon cheval. Si je tombe, il devrait être suffisamment fort pour tenir sa position. En revanche, si c'est lui qui tombe, c'est sûr qu'il m'emportera directement dans sa chute. Je ne peux pas trop tarder, le soleil est déjà haut dans le ciel, il faut absolument que je sois passé de l'autre côté avant la tombée de la nuit.

Actuellement je suis à 4 900 mètres d'altitude, le col est 700 mètres plus haut, j'estime avoir cinq heures devant moi. J'avance vite malgré des essoufflements passagers qui m'obligent à m'arrêter pour aspirer de grandes bouffées d'air comme si j'avais été en apnée pendant plusieurs minutes. Le glacier paraît formé en deux étages. Une première montée qui semble déboucher sur un plateau, puis une seconde quasi verticale qui grimpe jusqu'aux sommets à plus de 6 000 mètres et qui constitue un véritable mur de glace. Au milieu de cette muraille, j'aperçois le col, comme une trappe de secours entre deux sommets. Le terrain est chaotique. Le soleil qui fond la glace produit des milliers de formes qui surgissent de la surface comme des pics ou des pyramides. Certaines ressemblent à de véritables sculptures tant leur symétrie et leurs détails sont d'une précision hallucinante. De nombreux trous d'eau recouverts d'une fine couche de glace sont disséminés partout comme des pièges, prêts à céder au premier pas. Autour de moi, tout est en train de fondre, l'eau s'infiltre de chaque côté, je marche sur une infinité de ruisseaux qui dévalent la montagne. Tant bien que mal, on finit par atteindre le premier étage du glacier. Le col est droit devant moi, à quelques centaines de mètres au-dessus. J'ai hâte d'y être alors je redouble d'efforts et continue à grimper.

Soudain un bruit me fait lever la tête. Un immense torrent me barre la route. Je me rapproche et découvre un couloir profond de plusieurs mètres dans lequel se déchaînent des eaux violentes. On dirait le toboggan d'un parc d'attractions, à la différence que celui-ci est mortel. Impossible de passer ici. Pourtant le col se trouve derrière, il faudra forcément que j'atteigne la rive opposée. Je commence à remonter le « couloir de la mort » en espérant trouver une issue, un pont de neige ou un passage accessible pour sauter de l'autre côté. Et si jamais il n'y en avait pas ? La nuit tombera dans trois heures. Il faut qu'on sorte d'ici au risque de geler sur place. Un instant d'inattention et mon pied passe à travers un trou d'eau. Je perds l'équilibre et tombe, ma jambe plonge dans l'eau glaciale. Je me relève, le cœur battant. Je dois me montrer plus attentif, je n'ai pas le droit à l'erreur. En me retournant je réalise qu'il m'est maintenant impossible de faire demi-tour, je suis déjà trop loin. Ce mur de glace m'écrase, j'ai l'impression d'être une fourmie perdue dans un océan blanc.

Je continue à remonter le torrent aussi vite que possible, je sens à peine les orteils de mon pied mouillé. La rivière tourne et dans son virage les berges se rapprochent considérablement. On peut désormais la franchir. Il y a 1 mètre à sauter, j'espère que Robert mon cheval aura le courage de se lancer. De toute façon, on n'a pas le choix ! Je saute le premier pour montrer l'exemple et atterris de l'autre côté. Reste la moitié de l'équipage. Robert ne semble avoir aucune envie de me suivre. Je l'encourage, je lui parle et finalement je le vois s'avancer un peu vers le couloir, comme s'il voulait y jeter un coup d'œil. Soudain, sans prévenir, il s'élance d'un immense bond. Je me jette sur le côté pour éviter qu'il ne m'écrase et je le vois retomber sur ses sabots, facilement un mètre plus loin. Je reste immobile quelques instants, à la fois heureux qu'il ait sauté et un peu chamboulé par le fait qu'à une seconde près il m'aurait sauté dessus. Peu importe, on est sur l'autre rive ! Je le félicite en lui caressant le museau. Nous arrivons au bout du plateau, devant nous se dresse une montée presque verticale. Là-haut, à quelques dizaines de mètres, je vois le passage. On est tout proche. On commence l'ascension en zigzags, formant un petit chemin dans la neige glissante. Mes muscles grondent de douleur à chaque nouveau pas mais je refuse de m'arrêter, je veux y arriver le plus vite possible, je veux y arriver maintenant. Soudain, la corde me projette en arrière et je vois mon cheval glisser vers le bas puis parvenir à stopper sa chute. Affalé dans la neige, épuisé, une envie terrible de dormir m'envahit. Je rouvre les yeux et les lève vers le sommet. Encore 20 mètres et je pourrai dormir.

Le ciel en ligne de mire, je crie pour nous encourager. Je pose ma main sur la crête et l'agrippe de toutes mes forces, je me soulève et pose le pied sur le col, Robert juste derrière moi. Sous mes yeux, de nouvelles montagnes à perte de vue, comme si elles avaient envahi la Terre. Enfin je quitte la glace et retrouve la pierre noire, dure et sèche. Je hurle de joie, j'ai du mal à y croire, on a réussi. Le cœur léger, je rigole bêtement, les larmes aux yeux et je serre mon cheval, lui assenant toute une série de baisers. Qu'est-ce qu'on est haut !

## Comment dormir tranquille quand des tigres vous tournent autour

La raison principale qui me pousse à me rendre seul, si loin dans la nature sauvage, est le désir de rencontrer d'autres animaux, d'avoir accès à cette diversité que forme le vivant, des plus grosses aux plus petites bêtes, d'avoir ce privilège inouï dans le monde moderne d'être surpris, bouche bée, émerveillé et peut-être effrayé en même temps.

Quand j'ai découvert en regardant des cartes de l'Himalaya que la jungle prenait le relais des montagnes en descendant vers le sud, j'ai été pris d'une grande excitation. La jungle est le refuge d'une infinité d'espèces animales, quelle merveille ! Mais quand j'ai appris que les jungles himalayennes abritaient les derniers tigres du Bengale, j'ai eu encore plus de mal à me contenir. J'allais donc rencontrer des tigres !

Pourtant, en y réfléchissant, je me suis dit que ça pouvait tout de même être dangereux, un tigre. Ce n'est pas comme un grizzly qui ne dévore les hommes que très rarement. Au contraire, pour les tigres, tout ce qui bouge et qui n'est pas beaucoup plus grand qu'eux peut devenir une proie. Il n'a pas fallu longtemps pour m'en convaincre. Alors que je faisais des recherches sur le sujet, je suis tombé à mon grand malheur sur une vidéo YouTube où une pauvre touriste chinoise recevait un coup de patte mortel d'un gigantesque tigre alors qu'elle sortait quelques secondes de sa voiture. J'ai éteint mon ordinateur en me disant que, tout compte fait, je n'avais pas vraiment envie de rencontrer un tigre. J'ai donc décidé que je ne descendrais pas trop bas dans la jungle, là où les tigres habitent, je resterais un peu plus haut et je me contenterais des autres animaux. Voilà, c'était réglé !

C'est donc heureux et l'esprit léger que j'ai atteint la jungle après deux mois dans les montagnes, les glaciers et la neige. J'étais fou de joie de retrouver toute cette vie, toutes ces couleurs, toute cette chaleur, je me sentais parfaitement en sécurité, comme dans un petit paradis, et j'ai dormi comme un bébé la première nuit sur place.

Mais à mon réveil j'ai eu une surprise, une très grosse surprise…

En sortant de ma tente, frais comme un gardon, j'ai à peine pu faire deux pas avant que des empreintes sur le sable n'attirent mon œil. D'énormes traces de pattes ! Mais des pattes de quoi ? Pendant quelques secondes je me suis dit que ça pouvait être toute sorte de félin, pas forcément si dangereux que ça : un léopard ou bien simplement un chat très obèse… Mais la vérité, c'est que dès le début j'ai su de quoi il s'agissait, la taille ne laissait aucun doute, c'était un tigre. Était-il venu pendant que je dormais ou bien les traces étaient-elles déjà là quand j'avais planté ma tente ? Je ne peux pas en être sûr, mais je pense que je les aurais remarquées si elles avaient été là à mon arrivée. Honnêtement, l'hypothèse la plus probable et aussi la plus effrayante est qu'un gros tigre est passé à 2 mètres de moi alors que je dormais à poings fermés. Autre hypothèse : un Népalais du village d'à côté possédait des tongs en forme de pattes de tigre et avait décidé de me faire une blague. C'est moins probable mais pas impossible.

Après cette découverte, je me suis mis à alimenter un feu toute la nuit, je me suis aussi taillé une lance qui aurait certainement eu l'efficacité d'un cure-dents contre un tigre mais ça me rassurait de dormir à côté. Pendant les quelques semaines que j'ai passées dans la jungle à descendre la rivière de Mahakali, j'ai revu plusieurs fois des traces de tigre. À cinq ou six reprises, j'ai aperçu ces magnifiques formes dessinées dans le sable sur les rives désertes. Pourtant je n'ai jamais aperçu l'animal en vrai. Encore aujourd'hui, je pense que cela aurait été incroyable d'en voir un, mais pour être tout à fait sincère, je n'ai pas d'immenses regrets non plus.

## Comment vivre avec les moustiques

Au cours de mes voyages j'ai croisé beaucoup de bêtes, des ours, des tigres, des léopards des neiges, des caribous, des serpents, des singes… Nombre d'entre elles effraient les gens. Pourtant l'animal le plus redoutable et que je crains le plus est le moustique. Je m'en suis rendu compte en Alaska.

Le problème avec les moustiques, c'est que bien qu'on n'y puisse rien du tout, on n'arrive pas à se résoudre à se faire dévorer. Alors, même si on n'a aucune chance de vaincre, on se bat jusqu'à l'épuisement, incapable d'accepter sa défaite pourtant inéluctable et de se laisser piquer.

Je me souviens en particulier d'une journée où j'ai compris à quel point ces petites bêtes étaient féroces. C'était à la fin du mois de juin en Alaska. Je me trouvais encore sur la rivière du Yukon et il semblait qu'une armée de ces vampires volants était née en l'espace d'une nuit. Dès la tombée du jour, ils m'ont encerclé et ne m'ont jamais lâché.

Où que j'aille sur la rivière, ils suivaient mon canoë à la trace comme une meute de loups affamés, tournant autour de leur proie, inlassables, infatigables. Leur frénésie terrifiante et incompréhensible me forçait à pagayer de toutes mes forces, à une vitesse de 14 kilomètres à l'heure. Mais rien n'y faisait. Dès que je croyais les avoir semés et que je m'arrêtais pour reprendre mon souffle, ils réapparaissaient comme par magie. Dès que j'en tuais un, dix de plus revenaient en force, un peu comme les têtes de l'hydre de Lerne qui repoussaient dès qu'on les coupait.

Par tous les moyens j'ai tenté de les repousser, de m'en protéger, jusqu'à me couvrir de l'intégralité de mes habits, chaussettes sur les mains, pantalon en écharpe, lunettes de soleil. Couvert de vêtements et me débattant comme un fou, seul au milieu de la rivière sur mon canoë, la haine s'est emparée de moi.

Alors je me suis mis à rêver que les moustiques pouvaient ressentir la douleur, la frustration, l'humiliation, le déchirement, la souffrance, la dépression, le désespoir, la haine de soi, le terrassement, l'envie de suicide, l'effroi. C'est une terrible injustice de l'évolution que seul l'homme soit capable de ressentir de pareils maux.

Ce petit insecte ridicule qui me procure régulièrement tant de tourments le mériterait bien plus que moi. J'aimerais en rencontrer un, pris dans une profonde crise existentielle, se posant toutes sortes de questions métaphysiques sur l'insignifiance et la finitude de sa vie, sortant de sa joie et de son énergie débordante et insatiable. J'aimerais le voir se laisser tomber au pied d'un arbre, saisi d'une torpeur paralysante, cessant son horrible bourdonnement, cessant de déployer ses ailes diaboliques, ravalant sa trompe de vampire une dernière fois et rester là, accablé et lassé par le poids du monde, en se répétant « À quoi bon ? », jusqu'à se laisser mourir.

Je crois que je serais prêt à échanger une partie de ma propre conscience pour assister, ne serait-ce qu'une fois, à ce spectacle exaltant. C'est pour cela que j'aime tant l'hiver, ces créatures sont frileuses, elles n'y résistent pas. L'hiver pacifie tout, le froid n'épargne que la pureté. Ces monstres viennent de l'enfer, ils ne vivent que dans la chaleur brûlante.

# NOS AMIS LES HOMMES

Mes expéditions successives ont profondément changé le regard que je portais sur la ville. À chacun de mes retours, cela me saute un peu plus aux yeux : tout ce qui m'entoure de « civilisé » participe à la destruction du vivant sur Terre, de la nature qui m'apporte tant et dans laquelle j'ai enfin trouvé un sens. Dans l'un de mes carnets de voyage j'écris ces lignes : « Je vois la civilisation comme une feuille qui vient de se détacher de sa branche. Elle virevolte, elle croit voler, elle se croit libre, affranchie de son socle. Puis elle s'écrase sur le sol et s'aperçoit que depuis tout ce temps, elle était déjà morte. »

Je finis par être convaincu que l'humanité fonce droit dans le mur, emportant avec elle une immense partie du vivant. Prendre la mesure de la catastrophe, à savoir que le monde est en train de mourir, m'a tout d'abord assommé, puis désespéré, et puis finalement ça m'a remis en capacité d'agir. Les seuls moments où je parviens à m'apaiser sont ceux passés en expédition.

Alors je repars encore et encore. Les mois où je suis dans la nature sauvage sont un moyen pour moi de reprendre des forces, de tenir, de me calmer. Et, surtout, de croiser la route des humains qui vivent en son sein, les nomades, les chasseurs-cueilleurs, les trappeurs. Cela me redonne foi en l'homme. À leur contact, je me rappelle qu'il existe des êtres capables de vivre en harmonie avec la nature, qu'une vie sans détruire toutes les autres est possible. En ville, je deviens vite misanthrope, mais au cœur du sauvage, ces rares rencontres me font aimer les hommes en me montrant qu'ils ne sont pas intrinsèquement destructeurs, contrairement à la civilisation.

## Comment se bourrer la gueule dans une yourte au petit déjeuner

Le désert de Gobi est peuplé de nomades éleveurs de chameaux. Il n'est donc pas si rare de croiser des humains au milieu de ces étendues infinies de pierre et de sable. Ces rencontres m'ont permis de me nourrir à ma faim au cours de ma traversée du désert. Mais il est arrivé un moment, vers la fin de la marche, où je n'ai plus croisé âme qui vive et il m'a donc fallu compter uniquement sur mes maigres provisions. Pendant plusieurs jours je n'ai mangé que très peu, jusqu'au moment où la faim a commencé à me rendre fou.

Je me trouve alors à l'entrée des montagnes de Yolin Am, et je décide de laisser toutes mes affaires sur place pour gravir une colline en croisant les doigts pour apercevoir quelque chose. Je dois tenter ma chance ! C'est la bonne décision, car, après une heure d'ascension, je repère au loin, à 1 ou 2 kilomètres vers l'est, la yourte tant espérée. Je m'empresse de descendre de ma colline et, une heure plus tard, je franchis la porte de cette maison, l'estomac plein d'attente.

À l'intérieur, je suis accueilli par un couple de nomades. La femme me sert du thé et me tend le panier habituel qui contient des petits gâteaux sans trop de goût. Elle a l'air de voir que je suis affamé car elle y ajoute des bouts de fromage ainsi qu'un paquet de biscuits au sucre. J'ai envie de l'embrasser pour la remercier mais je suis bien trop occupé à manger mon cinquième gâteau tout en vidant mon bol de thé au lait.

Le couple vaque à ses occupations sans se soucier de moi. Le mari remplit sa boîte à tabac et la femme remue une louche dans un grand récipient de lait fermenté qui deviendra du fromage dans quelques jours. J'aime observer les couples de nomades, la manière dont ils se comportent. En presque trois mois, je n'en ai jamais vu échanger de baisers ou avoir des gestes intimes et amoureux mais j'ai presque toujours eu le sentiment qu'ils avaient beaucoup de plaisir à être ensemble et qu'ils appréciaient la compagnie de l'autre. Ils parlent beaucoup et se font souvent rire. Il y a beaucoup de tendresse et de douceur dans leurs contacts. Je n'ai jamais vu un mari avoir un geste irrespectueux ou violent envers son épouse. Au contraire, les femmes que j'ai croisées avaient l'air d'être libres, insoumises et n'hésitaient pas à crier sur leur fils ou sur leur mari quand elles jugeaient cela nécessaire. J'en ai même vu certaines donner des claques à leur époux trop alcoolisé.

Certes, il existe une réelle division du travail, et les femmes sont toujours choisies pour s'occuper de la yourte, c'est-à-dire de la cuisine, du ménage et de la confection de tous les produits laitiers. Mais ces tâches, qui peuvent être considérées comme dégradantes dans certaines cultures, ne le sont absolument pas ici. Au contraire, la yourte est la chose la plus importante pour ces familles, ce qui donne à ces femmes une très grande responsabilité et donc un rôle essentiel. Je conçois davantage ce partage des tâches comme une organisation qui vise à faciliter la vie très dure que mènent ces couples. Les femmes s'occupent de la yourte et de la traite et les hommes de surveiller le bétail, de l'approvisionnement en eau, des courses et de tous les travaux qui nécessitent une grande force physique. Je n'ai jamais perçu de hiérarchie de valeurs entre ces missions et j'ai toujours eu le sentiment que les femmes étaient considérées comme égales aux hommes.

Alors que je m'apprête à me servir un énième gâteau, la porte s'ouvre et trois Mongols entrent. Immédiatement, l'ambiance monte d'un cran et tout le monde parle fort et rit à gorge déployée. Les amis du couple s'asseyent au fond de la yourte à côté de moi, de manière à former un demi-cercle afin d'inclure la maîtresse de maison occupée à son poêle. Un des hommes sort de sa veste une grande bouteille de cognac. Il dévisse le bouchon d'un coup de dent et verse une petite quantité d'alcool dans un bol qu'il jette en l'air en prononçant des prières. Il approche ensuite une deuxième fois la bouteille du bol en argent dans lequel il verse une quantité de cognac bien supérieure. Il le tend au maître de la yourte qui doit toujours boire en premier. Celui-ci avale d'un seul coup le contenu du bol, puis le rend à son camarade.

Immédiatement, le bol est à nouveau rempli et passé à chacun des convives. Arrive mon tour. Comme tous les autres, j'avale l'alcool cul sec et redonne le bol.

Ma gorge chauffe et la sensation est agréable. Le bol continue de tourner et, en moins d'une heure, plus une goutte ne reste dans le fond de la bouteille. L'ambiance est encore plus joyeuse qu'au départ et, pour couronner le tout, la femme nous sert à chacun un bol de viande et de riz qu'elle sort tout juste du poêle.

Après avoir mangé, je salue chaleureusement mes hôtes et enfile mon sac. Puis je sors de la yourte en titubant sous un soleil radieux et commence à marcher vers l'est. Je suis complètement ivre et j'avance en rigolant tout seul dans un état d'euphorie formidable. À part ça, je n'ai plus beaucoup de souvenirs de cette journée.

## Comment faire une bataille d'eau en plein désert

Quand on s'enfonce de plus en plus loin dans le désert, les mirages se multiplient. Plusieurs fois par jour, on est persuadé d'apercevoir un lac ou une rivière. Cette eau imaginaire qui scintille nous remplit d'abord d'espoir, puis on finit par l'ignorer, indifférent à ce simulacre dont il n'y a rien à espérer, rien à attendre d'autre que les cailloux gris qui gisent sous les pieds et la poussière qui fouette le corps. On ne peut compter que sur soi-même et sur son bidon d'eau. Mais il peut y avoir des exceptions, des rêves qui prennent vie et des chimères qui s'incarnent. Cela m'est arrivé lorsque je faisais route en direction des montagnes de Yolin Am, au cours de mon vingt-cinquième jour de marche.

Après une quinzaine de kilomètres difficilement parcourus, j'aperçois au loin une masse sombre avec des yourtes à côté. Je n'ai aucune idée de ce qu'est cette grosse forme noire. Cette apparition me sort un peu de ma lassitude et attise ma curiosité. Je presse le pas pour élucider le mystère au plus vite. En avançant davantage, je parviens à distinguer de quoi il s'agit. Je suis si surpris qu'il me faut quelques secondes pour me persuader que je ne rêve pas. Incroyable ! J'ai en face de moi une toute petite forêt, ici, en plein milieu du désert. Il ne s'agit pas d'un mirage mais d'une véritable oasis. Cette découverte me rend fou de joie et je m'y dirige le plus rapidement possible.

Arrivé tout près de la forêt, je repère trois yourtes et je suis accueilli par une dizaine de personnes, des enfants, des parents et des grands-parents, installés à l'ombre des arbres. La maîtresse de maison m'offre du thé et des gâteaux enrobés de sucre qui provoquent une sensation proche de l'orgasme.

Le ventre rempli, je demande où se trouve leur point d'eau pour que je puisse me rafraîchir. Un homme me fait signe de le suivre et finalement toute la famille se joint à nous. Manifestement je ne suis pas le seul à avoir chaud. En nous promenant entre les arbres, nous arrivons à un petit ruisseau qui irrigue diverses cultures, des salades, des oignons, des concombres et ce que je crois être des pommes de terre. Quel paradis ! Non seulement il y a de l'eau et de l'ombre, ce qui est exceptionnel dans le désert de Gobi, mais en plus il y a des légumes, ce qui est exceptionnel dans toute la Mongolie. L'eau est froide et délicieuse. Je me mets en caleçon et commence à m'arroser le visage.

Un des hommes remplit un gros bidon et le vide entièrement au-dessus de ma tête. Mes cris de bonheur font rire les autres et l'homme recommence l'opération une deuxième fois. Bientôt, la famille au grand complet est mouillée, un des enfants arrose tout le monde avec un pistolet à eau et personne ne lui dit d'arrêter. Je plante ma tente à côté du ruisseau et mes hôtes me quittent et retournent vers leurs yourtes.

Seul, je me déshabille et plonge entièrement mon corps dans l'eau. Je me lave avec joie et en profite même pour faire une lessive, le tout en buvant de nombreuses gorgées de cette eau exquise. On comprend mieux ce qu'est le bonheur en prenant un bain dans un désert qu'en lisant l'*Éthique à Nicomaque* d'Aristote. Je me fais sécher au soleil, ce même soleil qui me cause tant de peine depuis tant de jours mais qui m'est tellement agréable à cet instant. Assis à la cime d'un arbre, je le regarde se coucher lentement, ses derniers rayons illuminent mon visage et la page du carnet dans lequel je le décris. Quelle paix !

Une trêve en temps de guerre, un silence dans un brouhaha, une île pour un naufragé. Cette oasis est la chose la plus heureuse et la plus inattendue qui soit. Vive le Gobi !

## Comment se faire sauver la vie par un trappeur

Avec le recul, je dirais que mon expédition en Alaska a véritablement débuté quand j'ai quitté mon canoë pour m'enfoncer seul et à pied dans les profondeurs du Grand Nord. C'est vraiment cette seconde partie du voyage qui m'a transformé, qui m'a poussé dans mes limites physiques et mentales, qui m'a fait prendre conscience de ce que signifiait la nature sauvage, de ce que signifiait vivre en son sein.

J'ai très vite compris que marcher 800 kilomètres à travers une des régions les plus sauvages du monde, sans suivre aucun sentier, aucune route, aucune trace, n'avait rien à voir avec les 1 800 kilomètres que je venais de pagayer paisiblement sur la rivière du Yukon. D'ailleurs, dès les premiers pas, l'enfer a commencé et j'ai bien failli ne pas m'en sortir.

Je venais d'abandonner mon canoë au village de Tanana. De là, mon objectif était de rejoindre la rivière Tozi, un petit affluent du Yukon dont la source se trouve à plus de 100 kilomètres vers le nord. Le plan était de remonter la rivière à pied dans cette direction en longeant la rive. C'était pour moi un moyen de démarrer mon défi en me facilitant un peu la tâche. Je n'aurais pas pu me tromper davantage.

La rivière Tozi se trouvait à une dizaine de kilomètres en aval de Tanana, j'ai donc demandé à Alan, un copain espagnol que j'avais rencontré quelques jours auparavant, de m'y emmener avec son propre canoë. Alan et moi, on était bien tristes de se quitter alors plutôt que de ramer, on s'est laissé porter par le courant en rigolant et en buvant une bonne partie de sa bouteille de whisky. Finalement, on a aperçu la bouche de la rivière Tozi et Alan m'a déposé sur la rive. Ensuite, il est reparti. Je l'ai longtemps suivi du regard, puis son canoë est devenu tout petit, il a disparu et je me suis vraiment retrouvé seul. Un peu ivre, j'ai enfilé mon sac à dos rempli de provisions et j'ai fait les premiers pas d'une marche de plusieurs semaines. Après seulement quelques minutes, mon plan de longer tranquillement la rive s'est évaporé, pour la simple et bonne raison qu'il n'y avait plus de rive. À la place se dressait une muraille de terre qui donnait sur une forêt dense. J'ai gravi ce rempart jusqu'à la forêt et poursuivi la marche.

En huit heures, je n'ai progressé que de 2 kilomètres. La forêt était une véritable jungle, la végétation était partout, un authentique chaos. Tout empêchait mon corps d'avancer, d'immenses ronces qui s'enfonçaient dans ma chair, des troncs d'arbres morts que je devais escalader, des branches qui m'agrippaient et me retenaient comme des mains. J'étais dans un état d'épuisement très avancé, l'angoisse me submergeait tout entier. Je me suis endormi en espérant de toutes mes forces que c'était un cauchemar et que j'allais me réveiller autre part. Mais je me suis réveillé exactement au même endroit. Ma décision était prise : impossible de passer par là, je serais à court de vivres en à peine quelques kilomètres. J'ai donc laissé toutes mes affaires sur place et j'ai plongé dans la rivière Tozi pour la descendre jusqu'au Yukon, là où Alan m'avait déposé la veille. Arrivé sur la rive, mon plan était très simple : embarquer dans le premier bateau que je croiserais, récupérer mes affaires et revenir à Tanana pour passer par les montagnes.

Malheureusement la rivière était déserte et les seuls bateaux que j'ai aperçus naviguaient vers la rive opposée. Malgré tous mes efforts, ils ne pouvaient ni me voir ni m'entendre à plus d'un kilomètre de distance. Pendant deux jours, je suis resté seul sur ce petit bout de plage en caleçon à attendre désespérément d'être secouru. C'est au moment où j'envisageais de traverser tout le Yukon à la nage que je l'ai enfin vu. Un canoë venait dans ma direction. J'ai hurlé comme un fou pour que l'homme à l'intérieur ne s'imagine pas que j'étais juste là pour cueillir des champignons. Et il m'a entendu. C'est à ce moment, alors que j'étais au plus mal et que j'affrontais un échec cuisant, que j'ai fait la rencontre la plus importante de mon voyage.

Tom est un trappeur qui vit seul dans une cabane avec ses chiens de traîneau. J'ai passé plusieurs jours avec lui, on est allés pêcher, il m'a présenté à ses chiens, il m'a raconté plein d'histoires sur la vie dans les bois, les grizzlys, l'hiver… Il m'a aussi indiqué le passage le moins difficile, il m'a montré des cartes précises de la région, m'a donné tout un tas de conseils pour faire face aux dangers du Grand Nord et je suis convaincu que sans lui cette expédition aurait été un fiasco. Plus une seule fois je n'ai regretté d'avoir tenté de remonter la rivière Tozi, ni d'avoir lamentablement raté, ni d'avoir patienté des jours durant à la recherche du moindre mouvement à l'horizon. Grâce à cela j'ai pu rencontrer un homme qui m'a appris des tonnes de choses et qui est devenu un exemple pour moi. Je sais qu'un jour je retournerai en Alaska et je sais que, ce jour-là, j'irai à nouveau voir Tom dans sa cabane.

## Comment rencontrer son meilleur ami au milieu de nulle part

J'aime le désert de Gobi pour sa beauté et les émotions immenses que j'y ai vécues, mais aussi parce qu'il m'a permis, dans un enchaînement miraculeux de hasards et de coïncidences, de faire la connaissance de l'un de mes meilleurs amis. Il s'appelle Hugo, c'est un grand type de mon âge qui habite à Paris et que j'ai rencontré dans le village de Baatsagan, en plein désert, où vivent 150 âmes au plus. Autant vous dire qu'on se rappelle bien cette rencontre.

Je venais de vendre mon cheval dans le village d'Ouliastai après un mois et demi dans la steppe verdoyante et je faisais du stop depuis plusieurs jours pour atteindre le désert, que j'avais prévu de traverser seul et en autonomie totale. À mesure que les kilomètres défilaient sur une moto ou à travers la fenêtre d'une voiture, le paysage se transformait radicalement. Des plaines infinies, vertes d'herbe grasse, où les rivières et les oiseaux chantent, où les marmottes s'appellent et les chevaux galopent, je suis passé à la roche, à la terre, à la sécheresse et au cri du vent.

Ce fut un choc terrible. Pour la première fois, je prenais conscience de ce qu'était le désert de Gobi, et l'idée de devoir le traverser seul pendant des semaines et des semaines me terrorisait. Après tout, c'est un des endroits les plus hostiles du monde. J'ai eu l'impression, en l'espace de quelques centaines de kilomètres, de quitter un environnement débordant de vie pour son exact opposé. Ce sont les couleurs du lieu qui m'ont frappé en premier, le jaune, le marron, le noir, des couleurs qui ont soif.

J'ai choisi comme point de départ le village de Baatsagan. J'aurais pu commencer à marcher avant, mais je crois que c'est la peur qui m'a poussé jusque-là. Je n'avais pas le courage de descendre de la voiture, de m'aventurer dehors, alors j'ai décidé de rester avec la famille qui m'avait pris en stop jusqu'à ce que nos directions se séparent, soit à Baatsagan.

Je suis arrivé au village la boule au ventre. Je me rappelle y avoir vu le conducteur d'un 4 × 4 remplir d'immenses bidons d'eau avant de partir s'enfoncer plus loin dans le désert. Je me suis alors demandé comment j'allais survivre, moi, avec ma gourde d'1,5 litre.

Finalement, pour me rassurer, je suis allé acheter une nouvelle bouteille d'eau et je me suis mis en marche, terrifié et déterminé. Mais juste avant que je ne dépasse les dernières maisons du village, une silhouette au loin a attiré mon œil. Ce n'était pas une silhouette mongole. En me rapprochant, j'ai vu qu'il s'agissait d'un homme et qu'il me regardait aussi. Il semblait juste sortir des toilettes qui, en Mongolie, consistent en un trou dans une cabane au fond du jardin. J'ai alors pu constater qu'effectivement il n'avait rien d'un Mongol, puisqu'il était blanc. On avait des gueules très étonnées l'un face à l'autre. On a commencé à se parler en anglais, mais dès les premiers mots, on a démasqué notre accent français. On s'est tout de suite très bien entendus.

Hugo habitait à Baatsagan depuis plus de quatre mois, il faisait des recherches sur le mode d'élevage des nomades. Il m'a présenté à plein de membres du village, aux gens avec qui il travaillait, m'a fait découvrir l'unique restaurant du coin, et puis il m'a invité dans sa yourte qu'il partageait avec deux Mongols. J'ai très vite compris que mon départ allait être reporté. À la place, on a cuisiné des *buuz*, la spécialité mongole, en buvant de l'*airag*, un alcool à base de lait de jument fermenté. On a fait la fête et on a dansé toute la nuit sur des chants mongols et aussi sur du Booba, ce qui était complètement surréaliste. Je me rappelle aussi avoir pleuré de rire quand Hugo m'a raconté, d'une voix un peu émue, qu'une des traditions ici était de boire l'urine de sa mère quand on était souffrant. Il avait appris cela à son arrivée, lorsqu'il était tombé malade et qu'une vieille dame lui en avait proposé un bol.

En se couchant, Hugo m'a filé son ordinateur et j'ai regardé *Batman* dans une yourte au milieu du Gobi, je me souviens que le clavier était recouvert de petits insectes. Le lendemain je suis parti pour traverser le désert et cette fois pour de bon. On était tellement sûrs de se revoir que je lui ai laissé des affaires trop lourdes pour qu'il me les rende à Paris, et lui m'a prêté des livres. On avait raison d'en être sûrs. Depuis, c'est devenu l'un de mes amis les plus proches et je le présente toujours comme Hugo de Gobi. On raconte souvent notre rencontre tellement ça nous semble encore incroyable et formidable. Si Hugo n'avait pas eu envie de pisser à ce moment précis de sa vie, on ne se serait jamais croisés. C'est fou de se dire que l'amitié ne tient parfois qu'à une envie de pisser.

## Comment marcher clandestinement sans se faire repérer à la frontière tibétaine

En traversant les montagnes de l'Himalaya, j'ai dû faire face à une menace que je n'avais jusqu'à présent jamais rencontrée dans ma jeune carrière d'explorateur : la police. La police et ses frontières, la police et ses autorisations, ses permis, ses tampons, ses visas, ses barbelés, ses paperasses, ses armées… J'ignorais totalement l'existence de ce danger en démarrant mon expédition et c'est seulement sur place que je me suis aperçu que mon parcours traversait une zone militarisée, constituée d'endroits nécessitant tout un tas d'autorisations pour y accéder et de lieux tout simplement interdits. Il ne m'est jamais venu à l'esprit de changer d'itinéraire mais pour parvenir à mon but, j'ai dû utiliser de nombreux stratagèmes, me cacher, progresser de nuit, bref, me comporter comme un criminel juste pour marcher dans la montagne. J'y suis plutôt bien arrivé, jusqu'au jour où j'ai failli être arrêté.

Cela faisait trois semaines que j'évoluais tout près de la frontière tibétaine. Trois semaines que je n'avais absolument pas le droit d'errer là où j'errais. À cause des conflits territoriaux entre l'Inde et la Chine, la région est très contrôlée. Touristes et Indiens ont l'obligation d'obtenir des permis pour y accéder. Voyager seul est interdit. La veille, j'avais réussi à passer de nuit et incognito le dernier poste militaire qui se trouvait sur ma route. Le sixième. J'avais l'impression d'être un espion à force de jouer au chat et à la souris avec les patrouilles. L'angoisse de me faire attraper rendait les étapes pénibles. Pourtant ce matin-là, j'étais en pleine forme. D'après mes cartes et les dires des villageois, la voie était libre jusqu'au col de Lamkhaga (5 280 mètres) que je devais franchir dans la journée. Ce col marquait mon retour en zone légale et l'idée de pouvoir de nouveau marcher librement me réjouissait au plus haut point.

J'ai donc plié ma tente, tout joyeux, et je me suis mis en route vers le glacier que je devais gravir, quand j'ai aperçu deux silhouettes. Des touristes, sac sur le dos, arrivaient dans ma direction. Au moment où je m'apprêtais à les héler, mon sang n'a fait qu'un tour. Ce n'étaient pas des touristes, mais des militaires. Et ils n'étaient pas deux, d'autres suivaient derrière. Je me suis jeté au sol et j'ai rampé vers le rocher le plus proche. Une minute plus tard, j'entendais les bruits de bottes des premiers patrouilleurs, à 20 mètres de moi, treillis de camouflage et armes sur le dos. C'était l'Indian Tibetan Border Police, les sentinelles de l'Himalaya. Je me suis recroquevillé autant que possible dans ma cachette. Me faire arrêter ici aurait été très grave, moi, un étranger, sans autorisation, muni d'un téléphone satellite et d'une caméra contenant des images des bases passées clandestinement…

Le défilé a continué. Vingt, trente hommes m'avaient déjà dépassé et je suis resté là, terrifié, avec l'impression que toute l'armée du sous-continent était en planque dans ces montagnes.

Puis le silence est retombé. Je me suis tenu immobile un long moment, puis je suis sorti de mon trou. Au loin, la file indienne descendait la vallée, marchant à l'endroit exact où j'avais planté ma tente. À trente minutes près, j'aurais eu droit à un tout autre réveil. En reprenant la route, je me suis rendu compte que cette situation qui aurait pu être catastrophique allait finalement tourner en ma faveur : la patrouille avait laissé une magnifique piste dans la neige, ce qui a rendu la marche bien plus facile. Un soldat avait même fait tomber quelques carrés de chocolat de sa poche. L'armée trace des routes aux voyageurs clandestins et les nourrit, elle assure un excellent service public.

Toute cette étape m'a fait comprendre à quel point la civilisation moderne avait envahi le monde et imposé ses règles jusque dans les moindres recoins de la planète. Cela m'a fait penser à ces mots de Stefan Zweig dans *Le Monde d'hier* : « Rien ne rend peut-être plus palpable l'énorme régression dans laquelle est entrée l'humanité depuis la Première Guerre mondiale que les restrictions apportées à la liberté de mouvement des hommes et à leurs libertés. [...] Cela m'amuse toujours de voir l'étonnement des jeunes lorsque je leur raconte qu'avant 1914, je voyageais en Inde et en Amérique sans avoir de passeport et même n'en avais jamais vu aucun. »

## Comment rencontrer les derniers chasseurs-cueilleurs d'Asie

Avant de commencer mon expédition himalayenne, j'avais deux rêves fous : voir un léopard des neiges et rencontrer la dernière tribu de chasseurs-cueilleurs d'Asie, les Rautes. Leur nom signifie « rois de la forêt », car cette tribu nomade vit dans les forêts reculées de l'Ouest népalais. Ses membres chassent le singe et cueillent des plantes pour subvenir à leurs besoins.

En ce qui concerne le léopard des neiges, je n'aurai finalement que senti sa présence et vu ses traces dans la neige. Pour les Rautes, après dix jours de recherches interminables, à travers les forêts les plus reculées du Népal, après des fausses pistes à répétition, des allers-retours, des kilomètres à tourner en rond, des faux espoirs, j'ai bien failli ne plus y croire. Mais une rencontre m'a empêché d'abandonner.

C'était à Sri Langi après une nouvelle déconvenue que j'ai rencontré Maesh, un jeune homme du village, qui m'a assuré que les Rautes avaient établi leur camp à trois heures de marche de là. La chance me souriait enfin ! On s'est donc mis en route et, arrivés en haut de la colline que nous venions de gravir, après en avoir tant fantasmé, j'ai aperçu leur camp au milieu de la forêt.

L'émotion m'a submergé. « Je les ai trouvés, je les ai trouvés ! » me répétais-je sans vraiment y croire. J'ai commencé à descendre le coteau pour rejoindre la forêt, partagé entre l'excitation et l'appréhension. J'étais sur le point de faire la connaissance des Rautes ! Et puis, rappelons qu'il s'agit d'une royauté, je m'apprêtais donc à rencontrer un roi et une reine. C'est tout de même nettement plus impressionnant que de rencontrer ses beaux-parents.

J'ai fini par atteindre la clairière et j'ai découvert les premières tentes du camp, faites de branches, de feuillage et d'un léger tissu posé par-dessus. J'étais tellement éberlué de me trouver ici et tellement hypnotisé par tout ce que je voyais, que je suis entré dans le camp directement. Les Rautes étaient là, occupés à leurs affaires. J'avais l'impression de rencontrer des extraterrestres et ils partageaient sans aucun doute le même sentiment à mon égard. Je n'avais jamais vu de tels êtres humains. Ils étaient tout petits, peut-être 1,50 mètre pour les plus grands, et vêtus très simplement, avec des sortes de draps légers, beiges ou colorés, qui laissaient apparaître une large partie de leur corps. Chacun vaquait à ses occupations, lui nettoyait des piments dans sa tente, elle revenait de la forêt, deux troncs d'arbres sous les bras, les enfants nus lavaient leurs vêtements dans la rivière qui bordait le camp, tandis qu'un des aînés sculptait un gros morceau de bois pour en faire des ustensiles de cuisine.

Très vite ma présence a été remarquée. Les enfants m'ont entouré et les adultes ont commencé à se parler entre eux, un peu étonnés et méfiants. On m'a alors conduit devant une tente. Un homme presque nu en est sorti et m'a fixé droit dans les yeux. Je l'ai salué solennellement puis je lui ai serré la main, très impressionné. C'était la première fois que je serrais la main d'un roi.

Je suis resté plusieurs jours avec les Rautes. Je n'avais pas le droit de dormir sur place, alors je plantais ma tente un peu plus loin dans la forêt et à l'aube, j'étais de retour dans le camp. Au début, on m'a signifié que je n'étais pas spécialement le bienvenu, notamment la reine, qui n'hésitait pas à me menacer les bras en l'air quand elle m'apercevait. Je me suis donc montré le plus discret possible. Seuls les enfants semblaient heureux de jouer avec moi et j'ai surtout passé du temps avec eux. Mais après quelques jours, je suis parvenu à me faire accepter par quelques adultes et j'ai pu aller et venir dans le camp et même dans leurs tentes sans peur de les déranger.

Autrefois, quand les forêts himalayennes étaient intactes, les tribus nomades y étaient nombreuses. Mais aujourd'hui, les anciennes tribus de Rajis, Chepangs, Kusundas ont été sédentarisées ou se sont éteintes. La déforestation et la modernité dévorent chaque jour un peu plus leur terrain, les animaux et les plantes disparaissent et condamnent les chasseurs-cueilleurs du monde entier à disparaître aussi, leur savoir avec eux. Le gouvernement népalais fait tout ce qu'il peut pour sédentariser les Rautes à leur tour, mais pour l'instant ces derniers résistent et continuent à évoluer librement.

Après quatre jours passés avec eux, j'ai senti qu'il était temps pour moi de partir. J'ai quitté les Rautes, partagé entre l'émerveillement et la tristesse de me dire qu'ils disparaîtraient probablement dans les années à venir. Pourtant la joie de vivre des enfants qui semblaient n'avoir peur de rien me laisse espérer que les prochaines générations parviendront à conserver encore leur royaume.

Si être primitif signifie appartenir à la nature et vivre en son sein, j'espère qu'un jour je pourrai revendiquer ce titre.

## Comment réaliser que l'homme fait partie intégrante de la nature

J'avais donc choisi de mener ma première expédition en Mongolie un peu par hasard, quand au détour d'une conversation j'avais j'appris qu'on pouvait y acheter un cheval pour 400 euros. Cela avait suffi à me convaincre. Certes, je n'avais jamais fait de cheval, mais l'idée me plaisait beaucoup et c'est comme ça que moi, jeune banlieusard de Seine-Saint-Denis, j'ai atterri à 22 ans en pleine steppe mongole avec un petit cheval blanc. Je partais donc avec le rêve d'apprendre à me déplacer comme un Indien d'Amérique, je n'imaginais absolument pas que j'y ferais une découverte qui allait changer toute ma vie : le nomadisme.

Pendant trois mois, j'ai sillonné la steppe à cheval et le désert de Gobi à pied. Pendant trois mois, j'ai vécu avec les nomades mongols. À leurs côtés, j'ai découvert pour la première fois de mon existence un autre mode de vie que le mien, loin de la ville, loin de l'homme moderne, loin de la civilisation. Là-bas, j'ai vu des humains vivre dans une absolue autonomie. J'ai eu la nette impression que l'indépendance et la frugalité de leur mode de vie les rendaient heureux. Elles m'ont rendu heureux aussi d'ailleurs.

J'ai aimé vivre avec les nomades mongols parce qu'ils m'ont appris des choses évidentes, des choses fondamentales, qu'on a oubliées en ville. Dans le monde civilisé, on ignore l'origine des choses : notre problème, ce n'est pas de ne pas savoir d'où viennent notre nourriture, notre eau, nos vêtements, notre électricité ou les matériaux utilisés pour construire des bâtiments… c'est qu'on ne se le demande même pas. C'est tellement une évidence de voir des magasins remplis d'aliments, des boutiques remplies de vêtements, des gros bâtiments un peu partout, qu'on finit par croire que tout cela a toujours été là, que cela a toujours existé à cet endroit. On finit par croire que tout notre environnement est une matière première, que la nourriture pousse dans les rayons, qu'il n'y avait pas de forêts à la place des immeubles, on oublie que sous le goudron gît de la terre. On perd le sens de l'origine.

Les nomades, eux, se nourrissent de la viande et du lait de leur bétail, lait dont ils font du fromage, du beurre, du fromage blanc et même de l'alcool. Ils fabriquent des cordes avec la crinière de leurs chevaux, des vêtements avec la laine de leurs moutons et ils utilisent l'eau des rivières pour se laver et boire. Ils passent des journées entières à ramasser des bouses de yak. Au début j'étais un peu surpris, je ne comprenais pas bien pourquoi ils en faisaient collection, je me suis dit que c'était une autre culture. Et puis j'ai fini par comprendre que la merde de yak est un excellent combustible pour se chauffer et pour cuisiner. J'ai aussi appris que s'humecter le visage avec l'urine d'une grand-mère permet de faire baisser la fièvre de manière drastique. Sur ce point, j'ai décidé de les croire sur parole.

Je suis empli d'admiration pour le mode de vie des nomades et je leur voue un profond respect. Les rencontrer, c'était pour moi rencontrer des humains qui savaient vivre sur Terre. Une véritable première pour moi. Sans télévision, sans internet, sans téléphone, sans adresse fixe, ils sont certes complètement déconnectés de tous les événements du monde, pour autant j'ai l'impression qu'ils le comprennent mieux que personne, qu'ils sont dans le réel, bien loin de nos ambitions démesurées, et que leur savoir est bien plus fondamental et plus important que tout autre. Comme le disait Xénophon : « Avant de prétendre conduire les hommes et les empires, il faut d'abord savoir s'occuper de son jardin. »

De retour à Paris après trois mois dans la nature, la rupture est brutale. Pour la première fois, je prends conscience que la civilisation est une bulle, une illusion, un mensonge où l'homme se croit maître et possesseur de la nature. Le problème me saute à la gueule : l'homme appartient à la nature et il l'a oublié.

## Comment se faire un ami en Himalaya avant de le perdre dans les Alpes

La majorité des événements qui surviennent dans la vie nous portent, ils perpétuent le mouvement en cours. À peine nous font-ils lever la tête. Mais parfois, certains font tout dérailler et transforment le courant monotone et traînant en un tourbillon violent et profond. Un tel événement s'est produit le 17 janvier 2019 mais il a en réalité commencé le 3 décembre 2017.

C'était à la toute fin de mon expédition, j'étais arrivé au village de Dunai et je n'avais plus qu'à atteindre le lac Phoksundo, ligne d'arrivée de mon aventure. Après des centaines et des centaines de kilomètres j'en voyais enfin le bout. Je me rappelle parfaitement ces moments, sûrement en raison de l'excitation, de l'adrénaline et de la joie qui marquaient cette fin d'expédition et sa très proche réussite. On se souvient toujours plus précisément des bons moments, les mauvais ont tendance à se brouiller, s'obscurcir, s'évaporer jusqu'à nous donner l'impression qu'ils ont disparu ou même qu'ils n'ont jamais eu lieu.

Je me rappelle aussi très bien Dunai car c'est là-bas que j'ai rencontré Morgan, Fanfan et Maël. Après quatre mois loin de mon pays, loin de ma langue, loin de mes racines et de tout ce qui m'était familier, tomber sur ces trois Français de mon âge et terriblement sympathiques a fait de moi le plus heureux des hommes. Quand je les ai vus arriver avec leur canoë sur le dos, j'ai eu du mal à y croire. Ma dernière rencontre avec des touristes remontait à plus de trois mois, quand j'étais encore au Ladakh.

Je me suis tout de suite très bien entendu avec eux, en particulier avec Maël qui me faisait beaucoup rire. Il était petit avec de courtes dreadlocks sous un grand bandana et un visage toujours souriant comme un enfant. Ils étaient tous les trois de vieux copains et moniteurs de kayak en France. Quelques semaines plus tôt, ils avaient décidé de descendre les rivières de l'Himalaya, d'où leur présence à Dunai. J'étais très admiratif, j'avais vu de mes propres yeux à quoi ressemblaient les rivières qu'ils comptaient descendre et je savais à quel point cela pouvait être dangereux et difficile. Une partie de moi avait même envie de continuer le voyage avec eux…

On s'est rendus tous les quatre à la rivière qui borde le village et on a commencé à pêcher, Maël voulait absolument essayer une nouvelle technique, la pêche à la cuillère. On a discuté tous ensemble, je leur ai raconté mes quatre derniers mois dans les montagnes et, eux, toutes les galères et les péripéties qui leur étaient arrivées pour parvenir dans l'un des endroits les plus perdus du Népal avec trois kayaks. À un moment, ils avaient même dû louer des mules pour transporter leurs embarcations. On n'a rien pêché, mais on a beaucoup rigolé et je me suis rendu compte à quel point ça m'avait manqué cette langue commune, ce lien spontané et facile.

En revenant bredouilles de la pêche on a retrouvé leurs kayaks assaillis par les enfants du village qui rentraient de l'école et là, Morgan, Fanfan et Maël ont transformé le jardin dans lequel on était en véritable parc d'attractions. Plusieurs enfants montaient dans les bateaux et les gars les soulevaient très haut comme s'ils étaient embarqués sur un immense rapide. À un moment, tellement d'enfants voulaient grimper dans le kayak de Maël qu'on ne voyait plus de lui que ses mains qui pagayaient dans le vide, et que ses rires étaient couverts par ceux des trois gosses assis sur ses épaules. C'était vraiment très beau de voir ces petits rigoler à en tomber par terre. Après dîner, on a passé toute la soirée à jouer aux cartes, puis j'ai quitté mes compagnons d'un jour pour retrouver ma chambre.

Le lendemain matin, de mon lit, je les ai entendus traîner leurs kayaks jusqu'à la rivière, et ils sont partis. Quelques jours plus tard je terminais mon expédition et je rentrais à Paris. Ça a été une période si forte, si intense, si remuante, de quitter les montagnes, de retrouver mes proches, de retrouver une vie quotidienne « normale » que j'ai complètement oublié l'existence de Morgan, Fanfan et Maël, rencontrés dans le minuscule village de Dunai au fin fond du Népal.

Jusqu'au 17 janvier 2019. Je présentais à Montlaux (un autre minuscule village perdu au fin fond des Alpes françaises cette fois), le film retraçant mon expédition. À la fin de la projection un jeune homme qui était entré là parfaitement par hasard, en passant devant la salle, vient me parler. Il me dit qu'il est moniteur de kayak et c'est là que mes amis du Népal me reviennent en mémoire, pour toujours cette fois. Je lui raconte ma rencontre avec mes camarades kayakistes, ce à quoi il me répond : « Morgan, Fanfan et Maël ? » Surpris, j'acquiesce avec un grand sourire. Toutes ces coïncidences étaient tout de même difficilement croyables !

Le jeune homme m'apprend alors que Maël est mort exactement dix jours après que nous nous étions quittés. Il a été emporté par un rapide. Pendant plusieurs nuits après cette révélation, je n'ai pas pu dormir. D'abord parce que j'étais terriblement troublé par cette suite d'événements, ces hasards qui s'étaient entrechoqués, de Dunai, au Népal, à Montlaux, en France. Et puis j'ai eu le sentiment d'avoir perdu un ami. Car même si je le connaissais à peine, je savais que Maël aurait pu être mon ami et cela me suffit pour le considérer comme tel.

# ÉLUCUBRATIONS D'EXPLORATEUR

C'est une chose étrange que de vouloir être explorateur de nos jours. Le mot même pourrait sembler désuet, témoin d'un temps révolu où l'homme était encore petit et le monde encore grand. Reste-t-il toujours du mystère, de l'inconnu alors que la modernité s'acharne à tout maîtriser et à tout conquérir ? L'homme d'aujourd'hui détruit bien plus volontiers qu'il n'explore. Il uniformise le monde, s'accapare des terres et des océans et finalement tue le plus grand trésor de cette planète : le vivant.

Quand on se penche sur la définition qu'en donne le Larousse, l'explorateur y est décrit comme une « personne qui fait un voyage de découverte dans un pays lointain, une région inconnue ». Mais aujourd'hui où le pays le plus lointain se trouve à seulement quelques heures d'avion et où il faut scruter à la loupe des cartes topographiques pour repérer des régions vierges ou au mieux mal connues, cela a-t-il encore du sens ? Reste-il tout simplement quelque chose à explorer ?

Si j'ai décidé de devenir explorateur c'est que j'en suis bien évidemment convaincu. Je crois, oui, qu'il reste tout un monde à explorer ou plutôt à retrouver. Notre civilisation a tellement artificialisé la Terre qu'elle nous a rendus étrangers à notre propre planète, à notre propre origine, à notre propre nature. Je crois que le rôle de l'explorateur est de témoigner de l'existence de ces lieux de plus en plus rares où la diversité de la vie règne encore, au cœur du sauvage.

Je vois donc l'exploration comme la possibilité de rencontrer autre chose que soi-même, comme la volonté de mieux comprendre la nature, de renseigner sur sa destruction, mais aussi et surtout de réapprendre notre place sur Terre. Un monde sans exploration possible serait un monde vide. Vide de sens, vide de vie. Un monde mort. Tant que les explorateurs pourront exercer leur métier, rien ne sera tout à fait perdu.

## Comment choisir de quitter l'autoroute pour des sentiers inexplorés

J'ai grandi entre le nord de Paris et la Seine-Saint-Denis où je suis né.

J'ai une enfance assez banale, plutôt heureuse : des parents aimants, une sœur avec qui je me dispute, un grand-père qui m'emmène jouer au tennis tous les mois. Je passe de classe en classe, j'ai des problèmes de discipline mais mes notes sont plutôt bonnes alors j'obtiens mon brevet comme la majorité de mes camarades. L'été on part en vacances en famille et parfois je fais des petits boulots pour pouvoir m'acheter des vêtements à la mode chez H&M.

Le temps file, j'entre au lycée, je me fais des nouveaux potes, on joue à la console et on mange des kebabs. Des fois on fait du skate, davantage pour le style que par amour du sport selon moi. On commence à sortir un peu à Paris, on danse dans des boîtes et on boit des bières aux terrasses des cafés. Ma vie est confortable, je suis bien intégré dans la société, j'apprends ses codes, je laisse ma place aux vieux dans le bus, je m'intéresse un peu à l'actualité mais sans plus, je suis dans les normes, je maîtrise les us et coutumes comme tout le monde, bref je suis ce jeune lambda qui ne se fait pas remarquer.

Je pense rarement à l'avenir parce que je sais ce que je veux. La même chose qu'à peu près tous les membres de mon entourage, mes potes, ma famille : faire des études, trouver un métier où je gagnerai bien ma vie pour donner à mes futurs enfants la même chance que celle dont j'ai bénéficié. Je suis un produit de la société, je ne remets donc pas la société en question. Ou alors sur quelques détails mais jamais dans son essence. En réalité je ne m'inquiète jamais pour mon avenir, sauf exceptionnellement entre deux stations de métro, mais tout se remet dans l'ordre dès que je regagne le torrent du monde qui anime la ville.

Après les renvois de plusieurs collèges parisiens, c'est dans un internat au fin fond de la Normandie que j'obtiens mon bac scientifique. Comme prévu, j'intègre une classe préparatoire maths sup, dans l'objectif d'entrer dans une grande école d'ingénieur. Six mois plus tard, je décide d'abandonner. Pour la première fois surgit un événement qui n'était pas planifié.

Les quantités immenses de travail, les dizaines d'heures de cours par semaine, les nuits blanches à finir des devoirs, tout ce temps passé à étudier les mathématiques, la physique, les sciences de l'ingénieur et rien d'autre, m'ont poussé à me demander si j'avais réellement envie de tout cela et si j'y trouvais un sens. J'ai réalisé que j'étais épuisé d'être assis. Surtout, j'ai réalisé que mes notes étaient catastrophiques et que je n'aurais aucune chance d'être admis en seconde année. Le risque d'être viré était presque certain, j'ai simplement pris les devants et je me suis barré avant qu'ils aient le temps de me mettre dehors.

Ça y est. Je veux sortir de l'autoroute qui m'est destinée pour des chemins embroussaillés. Pour aller où ? Je n'en ai aucune idée. L'avenir m'apparaît soudain très incertain et effrayant.

Ce moment a été décisif. C'est ce moment où un grain de sable a fait naître le doute chez un jeune lambda parfaitement intégré dans la modernité. Ce grain de sable a provoqué un malaise, une remise en question, une envie de fuite, une intuition : quelque chose ne tourne pas rond. Je quitte les cours et trouve un job dans un fast-food. Je passe mes jours de congé à la bibliothèque où je commence à m'intéresser à la philosophie, même si la plupart du temps je ne comprends rien à ce que je lis. J'ai envie de fuir Paris, j'éprouve un vide terrible ici, malgré l'opulence. J'ignore pourquoi. En fait, comme beaucoup de jeunes d'une vingtaine d'années, je suis perdu, je ne sais pas quoi faire de ma vie. Je décide alors de voyager, d'aller m'aérer la tête, d'aller voir ailleurs. Peut-être qu'un voyage me remettra les idées en place. Finalement, plutôt que de les remettre en place, ça les a fait exploser.

Aujourd'hui encore, je remercie de tout mon cœur mon inaptitude à la chimie et aux sciences de l'ingénieur. Quelle chance j'ai eu d'être aussi mauvais ! Si j'avais été bon, j'aurais sans aucun doute poursuivi mon cursus, je serais entré dans une école et puis je serais devenu ingénieur dans un bureau au milieu d'une grande ville. Rien que d'y penser, cette idée me terrifie.

## Comment décider de devenir explorateur

C'est à 21 ans, alors que je reprenais tout juste mes études après avoir voyagé dans la nature pendant deux ans, que sur les bancs de la fac je me suis dit que je serais explorateur. Cette décision n'est pas née du jour au lendemain, elle a été le fruit d'un long parcours et d'une intense réflexion. L'idée a germé lors de mon premier voyage en Australie et s'est imposée à moi à mon retour à Paris, après un séjour décisif dans le Grand Nord.

J'ignorais totalement quoi faire de ma vie quand je suis revenu de mon périple australien. J'étais simplement sûr d'une chose, il me fallait regagner la nature rapidement. À Paris, le mal-être renaissait de ses cendres, alors je suis reparti pour le Canada. Là-bas, pendant huit mois, j'ai travaillé comme *handler* (responsable de chiens de traîneau) puis comme *musher* (guide de chiens de traîneau) dans le camp d'un ami, perdu dans la forêt québécoise, à deux heures de motoneige du premier village. J'ai appris à connaître les chiens, j'ai découvert le Grand Nord et ses températures extrêmes en sillonnant tous les jours la majestueuse forêt canadienne en traîneau. Pendant tous ces mois, j'ai vécu dans une petite cabane en bois rond, sans électricité ni eau courante. Le soir je m'éclairais à la bougie et le poêle faisait office de chauffage. Pour avoir de l'eau, je descendais tous les matins sur le lac gelé qui bordait le camp. En traîneau avec mes cinq chiens favoris, Apache, Tigrou, Uron, Sumo et Darwin, on remontait chaque jour 200 litres d'eau. Mais voilà, après plus de deux ans de voyages, il était temps de rentrer. Il était temps de revenir à la « vraie vie », celle que j'avais mise en stand-by en arrêtant mes études. Il était temps que cette fameuse bulle que j'avais éclatée se reforme à nouveau. Finies, les années de césure. On est très nombreux à faire ça, mais maintenant il fallait réintégrer le réel. Réintégrer la ville, c'est-à-dire mon milieu naturel, ma vraie place, et fermer la parenthèse. Finies, les vacances dans la nature sauvage, j'avais été assez heureux comme ça !

Je reprends donc mes études et démarre une licence de philosophie à la Sorbonne. Les cours sont passionnants. Mais rapidement une conviction naît en moi et ne cessera jamais de grandir : ma place n'est pas ici. Notre place n'est pas ici. À cela s'ajoute une certitude : soit l'homme acceptera la réconciliation avec la nature, soit il engagera joyeusement son espèce et bien d'autres avec elle dans les plus graves périls.

J'étais né avec l'idée que la nature était barbare, violente ; je sais désormais que la barbarie, c'est de s'en éloigner. Je souhaite y revenir et renouer avec mes origines. Alors que je pensais être inséré dans le monde, je comprends que la ville m'a en réalité désinséré. Je désire plus que tout sortir de ce conflit dans lequel l'homme moderne est entré. Comme Théodore Monod, je me demande « à voir certains résultats de la […] technique et du […] progrès, s'il n'eût pas mieux valu, au fond, rester un peu plus ignorant », ou du moins, se libérer de la technique et changer l'essence et les finalités de notre connaissance.

Revenir à la nature. Plus facile à dire qu'à faire. Il faut l'avouer, nous sommes mal préparés à savoir la servir, à lui obéir. Nos sociétés « modernes » ne nous ont jamais appris à l'interroger, à l'écouter, à la comprendre, à l'aimer, mais bien plutôt à la dominer, à l'exploiter, à la mettre au pillage, à la détruire. Une posture mentale si fortement enracinée qu'il nous est très difficile de lui échapper.

Le poids de la tradition, de cette inversion des valeurs dans laquelle j'ai grandi, où la ville devient naturelle et la nature étrangère, où le contingent devient essentiel et l'essentiel contingent, où l'obsolète devient vital et le vital obsolète, est si fort, que mon évolution doit se faire par étapes, marche par marche, et il me faudra beaucoup d'efforts pour en sortir. Mais je veux essayer. C'est comme ça, après seulement quelques jours assis sur les bancs de la fac, que je décide de devenir explorateur et de passer une grande partie de ma vie dans le sauvage.

## Comment se prendre pour Dieu sur une gigantesque dune

Décider d'être aventurier, c'est se lancer dans une vie d'imprévus, de surprises et d'événements en tout genre. C'est d'ailleurs peut-être ça l'aventure : le règne de la surprise, l'avènement de l'événement. Mais certaines surprises sont plus mémorables que d'autres, comme se réveiller, ouvrir sa tente et découvrir des dunes hautes comme la tour Eiffel devant soi.

C'est ce qui m'est arrivé pendant ma traversée du désert de Gobi, lorsque je marchais de nuit pour éviter la chaleur du soleil. Chaque matin, en me levant, je découvrais l'endroit où j'avais planté ma tente et, ce matin-là, je me suis réveillé devant une gigantesque chaîne de dunes, longue de plus de 100 kilomètres. Les dunes de Khongoryn Els. En apercevant le paysage, je suis resté bouche bée, immobile, n'en croyant pas mes yeux. Pendant de longues secondes je me suis tenu là, la toile de ma tente dans ma main gauche, les yeux écarquillés. Les dunes étaient plus immenses et plus somptueuses que tout ce que j'avais pu imaginer. En l'espace de quelques minutes, mon sac était bouclé et je me suis mis en route à toute vitesse, bien trop impatient d'atteindre leur sommet. Je n'ai pas cessé de les fixer des yeux en avançant vers elles, comme hypnotisé par leurs formes et par peur de les perdre de vue, même si leur taille gigantesque rendait cela tout à fait impossible.

En arrivant au pied de cette muraille de sable, je me suis senti écrasé par cette immensité qui donne le vertige. Je ne me suis pas laissé abattre et j'ai commencé l'ascension. Ce fut éreintant, une sorte d'alpinisme sous 35 °C, les bras enfoncés dans le sable. Lorsque ma main s'est posée sur la crête, j'ai hissé mon corps une dernière fois et je me suis levé sur le sommet. Face au paysage qui s'est offert à mes yeux, j'ai hurlé de joie. De l'autre côté de la dune que je venais de gravir, d'autres, plus petites mais aussi splendides, s'étalaient sur des kilomètres et des kilomètres. Un sentiment de bonheur comme je n'en avais jamais ressenti m'a envahi, je ne pouvais pas m'empêcher de sourire et mon corps tremblait d'émotion.

Seul, au sommet de cette dune de plus de 300 mètres d'altitude, j'ai eu l'impression d'avoir atteint le sommet du monde et que ce monde m'appartenait. Une sensation de toute-puissance s'est emparée de moi et l'espace d'un instant, j'ai cru être devenu Dieu. J'ai alors baissé mon pantalon et commencé à uriner du haut de mon mirador de 300 mètres avec le sentiment de pisser sur l'univers entier. Une rafale de vent est arrivée par surprise au même moment et je me suis retrouvé avec le pantalon trempé. Cela m'a extirpé de mon élan de folie. Si Dieu existe, il ne s'est certainement jamais pissé dessus.

## Comment la peur peut rendre fou

À chaque voyage, je constate que les premiers jours sont les plus difficiles. Je suis très angoissé et c'est souvent la partie de l'expédition où j'ai le plus peur : ce moment où je passe de la ville à cette nature complètement inconnue dans laquelle j'ai prévu de survivre par mes propres moyens pendant plusieurs mois. J'ai souvent tremblé en découvrant les paysages qui m'attendaient.

Dans ces premiers jours, je n'éprouve aucun plaisir, je me sens mal à l'aise, pas à ma place et terriblement exposé. La ville, son confort, ses habitudes, ses routes toutes tracées me manquent. Les cages sont rassurantes, elles uniformisent la diversité. En ville, on est privé d'horizon, privé d'inconnu, rien d'inattendu ne survient jamais, le calcul y a remplacé la surprise. Ce nouveau monde plein de hasard, au contraire, me terrifie.

Parfois ma terreur est telle que j'en viens à chercher tous les stratagèmes possibles et imaginables pour fuir au plus vite. Cela m'est par exemple arrivé en Islande, alors que j'avais décidé de traverser tout le pays de la côte sud à la côte nord, seul, à pied, et en autonomie totale. Le premier jour, le brouillard était partout, je ne voyais que des bribes du paysage autour de moi et mon imagination m'a joué des tours. J'ai cru être encerclé de montagnes plus hautes que l'Everest et de volcans prêts à exploser d'un moment à l'autre. Seul dans ma tente, j'ai eu si peur que l'idée de me casser la jambe volontairement m'a traversé l'esprit plusieurs fois. Finalement, en me levant le lendemain, le ciel était bleu et ensoleillé et j'ai compris que rien de ce que j'avais imaginé n'était réel.

En Alaska aussi le début a été très rude : en arrivant dans le Grand Nord, j'ai eu le sentiment que je quittais la ville pour la première fois, que j'avais tout oublié de mes expériences passées, que je redevenais parfaitement étranger à cet environnement sauvage. J'avais peur du froid qui parcourait mon corps, des vagues qui agitaient mon canoë, du vent qui m'empêchait d'avancer, des nuages qui assombrissaient le ciel. La solitude elle aussi me pesait, elle me narguait, j'entendais ses moqueries : « Alors comme ça, on pensait pouvoir s'en sortir seul ? », son rire exagérément diabolique... La peur m'a plongé dans un profond doute où tout ce en quoi je croyais, le sens que j'avais donné à ma vie, son semblant de stabilité, paraissaient s'effondrer. Avais-je vraiment envie d'être là ? Étais-je véritablement fait pour cela ? En étais-je seulement capable ? Et si je n'en étais pas capable, que faire ? Puisque la nature sauvage était jusqu'alors ce qui me maintenait debout, qu'allais-je devenir si j'étais incapable de vivre en son sein ? Voilà le genre de questions qui me harcelaient sans arrêt.

Mais la fois où la terreur m'a véritablement envahi jusqu'à me rendre fou, c'était en Himalaya. Au moment où j'ai découvert pour la première fois ces montagnes vertigineuses. Mon cerveau n'y a pas réfléchi plus d'une microseconde : il était hors de question que je m'y aventure, il fallait que je déguerpisse le plus rapidement possible. À cet instant, toutes mes pensées sont devenues irrationnelles, folles, exagérées, envahies par la peur. Je crois que j'en avais en partie conscience mais j'étais incapable de me calmer, de me raisonner, j'étais spectateur de mon propre calvaire, incapable de me porter secours ou assistance. Désespéré, je cherchais par tous les moyens une bonne raison de rentrer chez moi, je me suis mis à prier pour qu'une guerre éclate entre le Pakistan et l'Inde, qu'un terrible tremblement de terre se déclenche, qu'un attentat ait lieu dans l'aéroport. C'est sûr, voilà trois bonnes raisons qui m'auraient permis de rentrer sans qu'on se rende compte qu'il s'agissait en réalité de la fuite d'un homme qui avait peur. Hume disait vrai : « Il n'est pas contraire à la raison de préférer la destruction du monde entier à l'égratignure de mon doigt. » Finalement, c'est un appel de ma copine qui m'a fait reprendre mes esprits et comprendre que j'exagérais.

À chaque début d'expédition, je passe par ces phases d'angoisse, parfois c'est très puissant, d'autres fois moins, mais chaque fois sans exception l'angoisse finit par disparaître. Pas après pas, coup de pagaie après coup de pagaie, jour après jour, on s'apaise, on accepte l'environnement dans lequel on se trouve, on apprend ses règles et on s'y soumet. C'est comme ça que l'adaptation a lieu et que la joie finit par prendre le dessus sur la peur.

## Comment assister à ses propres funérailles

Quand on part à l'aventure on s'apprête à vivre des choses exceptionnelles, c'est d'ailleurs pour ça qu'on y va, qu'on ose prendre des risques, justement pour vivre un peu plus. On s'attend donc à l'inattendu, à la surprise, on ne peut s'attendre à rien et donc on s'attend à tout. Mais malgré toute cette préparation à l'imprévu je n'avais jamais imaginé que j'assisterais un jour à mes propres funérailles. La réalité dépasse souvent l'imagination.

Ma mort a eu lieu le 15 août 2016 en Alaska et à la suite de nombreux malentendus. Tout a commencé après la première et seule attaque d'ours que j'ai vécue. Une fois que l'ours eut abandonné, j'ai ressenti le besoin urgent de raconter ce qui venait de m'arriver à quelqu'un, comme pour me prouver que c'était vrai, que ça s'était bien produit. J'ai donc appelé aussitôt mes parents depuis mon téléphone satellite. Ils sont restés sans mots. En même temps, que répondre à votre fils quand il vous raconte qu'il s'est fait emmerder par un ours pendant trente minutes au fin fond de l'Alaska ? C'est tout de même pas commun.

Le lendemain, je les ai rappelés pour leur faire part de ma décision de poursuivre mon voyage : « Tout va bien, je continue et je vous rappelle dans une semaine. » Une semaine plus tard, soit le matin du 7 août, juste avant d'atteindre la fameuse mine abandonnée, j'ai appelé ma copine pour lui donner des nouvelles. Avant de raccrocher je lui ai demandé d'appeler mes parents à ma place pour leur dire que tout allait bien. Il fallait que je conserve la batterie de mon téléphone au cas où. On s'est fixé un délai de six jours avant mon prochain appel qui aurait lieu le 13 août 2016. J'ai ensuite éteint mon téléphone satellite et je suis tombé par hasard sur la mine aux merveilles. Pendant cette semaine où je me pavanais, heureux comme un sauvage, à 6 000 kilomètres de moi, l'ambiance n'était pas vraiment la même.

Ma copine était tellement contente de m'avoir eu au téléphone qu'elle est partie faire la fête avec ses amis et qu'elle a oublié de dire à mes parents que je l'avais appelée. Ces derniers, n'ayant pas de nouvelles de moi malgré la promesse de mon appel, ont commencé à s'inquiéter beaucoup. Et je peux les comprendre : après l'épisode de l'ours noir, la peur que je me fasse dévorer était dans leur tête à tous les deux. Ils n'ont pas appelé ma copine par crainte de l'inquiéter elle aussi. Le 13 août 2016, jour où je devais rappeler ma copine, je ne l'ai pas fait. J'étais persuadé que c'était prévu pour le 14. N'ayant pas de nouvelles de moi, c'est ma copine, cette fois, qui s'est inquiétée. En pleurs, elle a appelé mes parents pour leur expliquer que j'étais supposé lui téléphoner et que je ne l'avais pas fait. Là, mes parents se sont effondrés. Chacun de leur côté, sans se le dire, ils se sont mis à écrire le discours de mes funérailles. J'étais donc en train de m'empiffrer joyeusement pendant que mes parents pleuraient mon être vaillant qui s'était battu contre un ours à mains nues et avait fini par succomber.

Mon père a tout essayé pour tenter de me localiser. Il a appelé les gens de la société de mon téléphone satellite pour savoir s'ils connaissaient ma position. Ce à quoi ils ont répondu que oui, mais qu'ils n'avaient pas le droit de la transmettre. Il savait que j'étais passé par le village de Bettles et le seul numéro qu'il a trouvé était celui d'Eric, le gérant du Bettles Lodge qui m'avait aidé lors de mon départ. Eric a tout de suite su de qui mon père parlait. Un jeune Français qui traverse l'Alaska à pied, ça n'arrive pas tous les jours à Bettles. Il lui a expliqué qu'il m'avait donné un coup de main et qu'il demanderait à tous les pilotes de jeter un coup d'œil en passant au-dessus des montagnes, au cas où ils verraient un signal de détresse. Pour finir, il a un peu rassuré mon père en lui disant que le réseau satellite était parfois défaillant.

J'ai appelé mes parents avec un jour de retard, le 14 août 2016, ravi de leur donner de mes nouvelles. À ce moment-là j'étais loin de m'imaginer que j'étais mort. J'ai tout de suite compris que quelque chose de très grave s'était passé quand mon père, athée revendiqué, a prononcé ces premiers mots au téléphone : « Merci mon Dieu ! » Je m'en suis beaucoup voulu d'avoir mis mes parents dans cette situation. À la suite de cela, je les ai appelés tous les jours, simplement quelques secondes pour leur dire que j'étais toujours en vie et que tout allait bien.

## Comment vivre à 25 ans dans un monde qui meurt

Avant de devenir explorateur, je ne m'intéressais que de loin à l'écologie, je faisais preuve d'un optimisme niais. Je me disais qu'un peu de bonne volonté, quelques éoliennes, des poubelles multicolores et des pailles en bambou résoudraient le problème.

Mais au fil de mes expéditions, j'ai commencé à m'interroger. J'ai passé des nuits blanches à lire des rapports scientifiques, des articles, sur la « disparition » des espèces (le terme « extermination » serait bien plus adéquat), sur les mensonges répétés chaque jour, les fameuses énergies « vertes » (qui n'ont de vert que le nom), le développement durable, la ville « propre » et autres impostures. Ces heures de recherches m'ont fait prendre la mesure de la catastrophe : 60 % des animaux sauvages exterminés en quarante ans, 80 % des insectes européens exterminés en trente ans, 200 espèces exterminées chaque jour, la pollution, la déforestation, les océans qui se vident, la fonte des glaces, l'exploitation démente des ressources naturelles. Livre après livre, article après article, j'ai découvert que le vivant mourait, et qu'il mourait de plus en plus vite. En fait, je réalise qu'on est tous dans un avion en première classe, que le champagne coule à flots, que les mets les plus exquis sont servis en abondance, que tout le monde fait la fête, convaincu de vivre une époque formidable. Le seul problème est que l'avion est en train de se crasher et que personne ne regarde par le hublot. Le choc est très brutal.

Je crois que toutes ces phases que j'ai traversées, ces émotions, s'apparentent à une sorte de deuil. Deuil d'un monde qui n'existe plus, deuil de ces animaux, de ces forêts, de toute cette vie disparue pour toujours. Faire ce deuil m'a permis de revenir au présent et de vouloir agir ici et maintenant plutôt que de ne trouver du sens que dans mes fuites sauvages.

J'imaginais que la situation n'était pas si grave que ça, et que la technologie nous sauverait, sans aucun doute. Je me suis aussi convaincu que les politiques et les dirigeants du monde sauraient prendre les mesures nécessaires, que les COP qui défilaient n'étaient pas des farces mais un signe encourageant. Je me suis ensuite laissé persuader que c'était par des petits gestes individuels et quotidiens qu'on allait pouvoir sauver le monde. Alors on change sa consommation, on fait du vélo, on a un compost, on bouffe bio. Bref, j'ai embrassé l'idéologie du « colibrisme » où chacun fait sa part, dépose sa goutte d'eau dans le feu qui brûle la forêt.

Mais à mieux y réfléchir, la cause du mal qui ronge la Terre est bien plus profonde, bien plus radicale que ce qu'on m'a poussé à croire. Il faut prendre le problème à la racine, l'existence de la civilisation est incompatible avec le vivant, pire elle est en guerre contre lui et elle gagne. Ainsi, je comprends qu'au lieu de déposer une goutte symbolique, incapable d'éteindre l'incendie, comme le fait le colibri, il faut arrêter ceux qui tiennent les lance-flammes. C'est le seul espoir d'éteindre le feu et de défendre ce qui reste de cette planète : arrêter par tous les moyens nécessaires et possibles ce qui la détruit.

La « civilisation » est de manière consubstantielle destructrice du vivant. Il n'y aura pas de croissance verte, de développement durable ni de transition écologique. Cette novlangue est aussi absurde que d'affirmer que « la guerre c'est la paix », que « la liberté c'est l'esclavage », que « l'ignorance c'est la force ». La civilisation continuera à paupériser la grande majorité des humains et à dégrader l'état de la planète jusqu'à ce qu'elle (la civilisation, et la planète aussi sans aucun doute) s'effondre. Sauf si on l'arrête. Défendre le vivant signifie démanteler la civilisation.

Si le mouvement écologiste veut avoir la moindre chance de sortir victorieux, il doit absolument changer de stratégie. Être en guerre signifie qu'il faut résister et riposter. Se contenter de faire du compost et de participer aux inoffensives marches et manifestations pour le climat dont les participants supplient le pouvoir d'agir ne peut être considéré comme un acte de résistance au vu de l'inefficacité évidente de ce type d'action : la situation s'aggrave chaque jour. Certes, jamais on n'a tant parlé de protéger la nature, mais jamais on n'a tant fait pour la détruire.

On pourrait penser que la tâche est trop immense, mais ça serait oublier l'allié infatigable qui se bat à nos côtés. Cet allié, c'est l'ensemble du vivant qui veut désespérément vivre. C'est la minuscule racine qui défie le plus grand des barrages, c'est la fleur qui pousse sur le trottoir, c'est l'orang-outan qui s'attaque aux pelleteuses qui dévastent son territoire, ce sont les zadistes qui défendent la vie sauvage à Notre-Dame-des-Landes et ailleurs. Tous ces êtres luttent de toutes leurs forces contre l'effondrement. Tous veulent respirer, tous veulent pousser, tous veulent vivre.

J'ai appris récemment que le mot « courage » vient du mot « cœur ». Comme le dit Derrick Jensen : « L'élément vital du courage est bien sûr l'amour et nous avons besoin de tout le courage dont le cœur humain est capable pour défendre ce qu'il reste de cette planète. » Il ne manque plus que la résistance humaine pour mettre fin à cette destruction qui dure depuis trop longtemps. La Terre entière résiste, tous les êtres vivants résistent, ils sont dans notre camp et nous n'avons qu'à les rejoindre. Au travail !

# AU CŒUR DE LA JUNGLE AMAZONIENNE

En entrant par hasard dans une librairie parisienne en ce beau mois de juillet 2018, jamais je ne me serais douté que ma vie allait basculer et que trois semaines plus tard je serais en Guyane, au cœur de la jungle amazonienne. C'est pourtant ce qui s'est passé.

En me promenant dans le rayon des livres de voyage, mon regard s'arrête sur un nom : Raymond Maufrais, et sur un titre : *Aventures en Guyane*. Je saisis l'ouvrage et commence à lire. Pendant plusieurs heures, assis dans le rayon, je lis jusqu'à la dernière page, obsédé et envoûté par les mots qui défilent devant mes yeux. Ce livre que je tiens serré entre mes mains est le carnet de bord d'un explorateur de mon âge qui raconte chaque jour du défi qu'il s'est imposé : traverser seul toute la Guyane pour rejoindre les légendaires monts Tumuc-Humac, avec l'espoir de rencontrer une tribu d'Indiens aux yeux bleus, très grands, vivant selon la rumeur à l'âge de pierre… Tout le monde tente de le dissuader de cette folie, lui promettant l'enfer et la mort, mais rien ne le détourne de son rêve. Raymond Maufrais n'est pas revenu de cette expédition. Si un Indien émerillon n'avait pas découvert en 1951 par un hasard miraculeux son carnet sur les bords du fleuve Tamouri en pleine jungle, on n'aurait jamais su ce qui lui était arrivé. Son père, comptable toulonnais, passa douze ans de sa vie à le chercher à travers toute la jungle. En vain.

En terminant son récit, assis là, entre les rayons, j'ai eu l'impression de connaître Maufrais depuis toujours. Page après page, je me suis senti terriblement proche de lui malgré les soixante-dix années qui nous séparaient. Je me suis vu l'aimer comme un ami, comme un frère, sans jamais l'avoir rencontré. Ce livre a changé ma vie, et en sortant de la librairie, j'avais pris ma décision : j'allais retenter l'expédition de Maufrais, j'allais la finir, j'allais réaliser son rêve. C'est ce que j'ai fait.

## Comment survivre à un naufrage au milieu de la jungle amazonienne

Mon expédition en Guyane française a été sans conteste l'une des plus difficiles que j'ai entreprises. J'avais donc décidé de partir sur les traces d'un explorateur, Raymond Maufrais, disparu en pleine jungle à l'âge de de 23 ans. Mon point de départ était le village Maripasoula, à la frontière avec le Suriname, et, pour me rendre jusqu'à Camopi, une commune située à l'est, à la limite du Brésil, j'ai traversé 250 kilomètres de la forêt guyanaise. Seul, en pirogue, à pied et en radeau, j'ai vécu pendant quarante-six jours au cœur de la jungle. Parfois, j'ai cru mourir, comme Maufrais. Mais cette aventure merveilleuse m'a profondément changé. Elle a été la plus intense de toutes.

La première partie de l'expédition consistait à remonter une rivière, la Waki. J'ai donc dû avancer des semaines à contre-courant pour m'enfoncer dans la grande forêt. Une épreuve que je n'oublierai jamais. Peut-être était-ce parce que je partais sur les traces d'un mort, en tout cas, je me souviens de la peur qui m'envahissait à mesure que je m'éloignais du dernier village.

Un obstacle franchi était une porte que je refermais derrière moi, et l'option du demi-tour s'effritait un peu plus à chaque nouveau coup de pagaie. Sans cesse je pensais aux êtres aimés, ils me criaient de revenir, de renoncer tant qu'il était encore temps. De toutes mes forces, je me raccrochais alors à mon rêve, le même que Raymond Maufrais, celui de vivre dans la jungle, de me libérer de la civilisation qui la détruit. Ainsi, je trouvais le courage de continuer.

Environ dix jours après mon départ, je m'aperçois que la rivière, jusqu'à présent très large, s'est considérablement rétrécie, les berges ne sont plus éloignées que de quelques mètres. Désormais, la jungle recouvre la surface comme la toile d'une araignée géante. Les lianes dégringolent et se glissent partout. La végétation étrangle littéralement la rivière. Otage de cette prison verte, seul sur ma pirogue, je n'y vois rien. Il m'est parfois même difficile de repérer l'eau, dissimulée sous une couche de plantes. Sans relâche, je rame comme un forcené, espérant une issue. La machette dans une main, la pagaie dans l'autre, je tire, je pousse, je hache, je hurle et j'avance mètre par mètre.

Alors que j'arrive dans un passage compliqué, une liane attrape la queue de la pirogue. Le bateau dérive, emporté par le courant, et se bloque dans de nouvelles lianes. L'eau commence à s'infiltrer de tous les côtés. Pris de panique, je saute hors de mon embarcation, mais c'est déjà trop tard, elle coule. Horreur ! Accroché à une branche, le corps entièrement dans l'eau, je suis tétanisé par le drame qui se déroule devant mes yeux. Je parviens à reprendre mes esprits et me jette sur la pirogue pour l'empêcher de sombrer dans le fond de la rivière. Impossible de la soulever, elle se retourne et se perd dans les lianes. Mes sacs ne sont plus là ! En me retournant je les aperçois au loin, emportés par la rivière. Bientôt ils auront disparu. Je plonge à leur poursuite comme si je tentais de rattraper ma vie. Mon corps tremble, pourvu qu'ils ne coulent pas avant que je les atteigne. Porté par le courant, je finis par les saisir. La berge n'est qu'un amas de végétation désordonné et inaccessible. Tant bien que mal je réussis à y pénétrer et je jette mes deux sacs à terre.

Vite ! Il faut que je reparte sauver ma pirogue. À contre-courant, je remonte la rivière, m'accrochant de liane en liane pour ne pas me faire emporter. Arrivé sur le lieu du naufrage, je retrouve l'embarcation. Usant de toutes mes forces, je parviens à l'extirper des lianes et à la retourner. Je m'empresse de vider l'eau de mes deux mains. Enfin elle flotte à nouveau. Je retourne à mes sacs. Rien ne semble manquer. Puis c'est de nouveau la panique qui s'empare de moi : la pagaie et la machette ne sont plus là ! Je replonge dans l'eau, cherchant de tous côtés, soulevant les branches, nageant jusqu'au fond. Rien.

Sans pagaie je n'ai plus rien, c'est mon moteur, sans elle je suis bloqué. Je ne peux ni continuer ni retourner en arrière. La peur envahit mon corps. Mon cerveau s'agite dans tous les sens, cherchant désespérément une solution, une piste, une issue, un espoir, n'importe lequel. Il faut impérativement que je me fabrique une rame. J'arpente la forêt, en quête d'une idée, et je finis par tomber sur une grosse liane plate. Peut-être que c'est cela la solution !

Je me mets immédiatement à l'ouvrage. Armé seulement de mon opinel à la lame de 10 centimètres, je taille le bois. Après six heures de travail, je tiens dans ma main une rame, grossièrement taillée. Je n'arrive pas à y croire. Je monte dans la pirogue et plonge le bout de ma liane sculptée dans l'eau. Elle est lourde et le manche me brûle les mains, mais elle me fait avancer et c'est bien l'essentiel. Je suis sauvé, en avant !

## Comment côtoyer la mort en expédition

Cela ne saute peut-être pas aux yeux, mais je suis un garçon prudent. Je n'ai jamais hésité à faire demi-tour face à un col dont l'ascension me semblait trop ambitieuse ou face à un passage trop risqué afin de trouver une autre route. Depuis huit ans que je me rends seul dans les derniers lieux sauvages de la planète, j'ai appris à savoir ce que mon corps pouvait endurer et ce qu'il était capable de faire. Alors j'arrive à éviter les mises en danger inutiles. Si bien que je n'ai presque jamais eu peur pour ma vie en expédition. Sauf une fois, en Amazonie, où j'ai cru mourir.

C'était le 22 août 2019, mon vingt-septième jour de solitude dans la jungle.

Je maigrissais à vue d'œil. À force de me rationner autant, la fatigue me rattrapait. J'étais trop loin pour rebrousser chemin désormais, ma seule option était de réussir. Mais étais-je capable de sortir d'ici ? La route était encore si longue. Après à peine deux heures de marche pour un kilomètre parcouru, j'étais déjà à bout de forces, incapable de faire un pas de plus, incapable de continuer à me creuser un passage dans ces murs de végétation.

Avec la démarche d'un homme ivre, j'ai installé mon camp, puis me suis mis à la recherche de bois pour mon feu. « Manger me remettra certainement d'aplomb », me disais-je. En surveillant les pâtes qui cuisaient, j'ai commencé à avoir des vertiges et soudain j'ai senti une douleur au bas de mon dos, comme de violentes courbatures. Incapable de rester debout, je me suis effondré contre un arbre, épuisé, les jambes tremblantes, la douleur toujours présente. Je me suis forcé à manger, avant de ramper jusqu'au ruisseau tout proche, espérant que l'eau me soulagerait. Ça n'a rien arrangé. Je me suis levé et j'ai titubé jusqu'au hamac. La douleur semblait ne jamais vouloir se calmer. Aucune position ne l'atténuait. L'angoisse a commencé à monter. Est-ce que j'allais crever ici ? Personne ne savait où je me trouvais. J'ai rassemblé mes dernières forces pour appeler à l'aide sur mon téléphone satellite. Mais aucun signal sous la canopée.

Je suis livré à moi-même, personne ne viendra me chercher ici. Les heures passent et la douleur commence à me rendre fou. Pour la première fois de ma vie, je crois que je vais mourir. Je pense à mes proches. Quel lâche je suis, quel égoïste ! Des images insoutenables défilent dans ma tête où je vois leurs visages quand il apprennent la nouvelle. Non ! il faut que je tienne. Demain je grimperai en haut d'un arbre pour avoir du réseau sur mon téléphone satellite. Mais demain est si loin.

Seul, perdu au milieu de la forêt, livré à la maladie, mon agonie me donne envie d'en finir. Vers 23 heures, après huit heures de douleur, je n'en peux plus, et je me laisse chuter du hamac. J'atterris sur le ventre et reste prostré la tête contre le sol un long moment. Pour la première fois, la douleur se calme et je m'endors immédiatement. En me réveillant le lendemain matin, je ne sens plus rien, la crise est totalement terminée. Que s'est-il passé ? Peut-être était-ce un avertissement de mon corps pour que je le nourrisse davantage. Ou autre chose. Peu importe, je vais bien, je ne suis pas mort, il faut que j'atteigne au plus vite le fleuve Tamouri que je tente de rejoindre depuis une semaine. Là-bas je serai sauvé, je pourrai pêcher et je n'aurai plus qu'à suivre le courant pour retrouver ceux que j'aime. Avoir survécu à cette nuit me donne une impression de sursis qui démultiplie ma fureur de vivre alors j'avance à toute allure, droit vers la rivière !

## Comment se construire un radeau au royaume des anacondas

J'ai utilisé de nombreux moyens de transport au cours de mes expéditions. Le radeau est un mode de déplacement que j'affectionne particulièrement. En Himalaya, il m'a permis d'éviter de longues semaines de marche lorsque j'ai descendu la rivière Mahakali qui marque la frontière indo-népalaise. Mais je dois admettre que j'avais utilisé des chambres à air de pneus pour qu'il flotte. Tel était aussi mon plan lors de mon expédition amazonienne. J'ai dû très vite le changer car dès la première heure de marche dans la jungle, les chambres à air de pneus se sont fait déchirer de toutes parts par les innombrables arbres piquants qui s'étalent partout. En arrivant au fleuve Tamouri, où j'avais prévu de me construire un radeau, la tâche était donc de taille : j'allais devoir en fabriquer un, en mesure de nous porter moi et mon sac, et uniquement avec ce que je trouverais dans la nature. J'étais très inquiet de ne pas y parvenir pour une raison simple : Raymond Maufrais, l'explorateur à l'origine de cette expédition, n'y était pas parvenu. Son radeau trop lourd coulait. C'est ici même, dans ce lieu qu'on appelle Dégrad Claude, qu'on retrouva son carnet, la seule trace qu'il laissa derrière lui. Incapable de se construire une embarcation, il avait décidé en dernier recours de partir à la nage. Il est probablement mort dans les jours qui ont suivi.

Si je veux vivre, il faut que je réussisse là où Maufrais a échoué. 85 % du bois d'Amazonie ne flotte pas, il faut donc bien choisir. Maufrais avait opté pour le bois d'un arbre canon. Comme ça n'a pas marché, je décide de tenter ma chance avec de gros bambous que j'ai vus un peu plus haut, sur les berges de la rivière. Ayant perdu ma machette au début de l'expédition, un jour où ma pirogue a coulé, je ne peux compter que sur mon couteau pour y parvenir. Armé de ma petite lame de 10 centimètres, je me mets à l'œuvre. Ça prend un temps infini, mais ça marche et après quatre heures de travail je replonge dans l'eau avec six rondins de 4 mètres de long.

J'ai presque atteint mon camp quand je l'aperçois enfin ! L'anaconda, le roi de la rivière. Son corps gigantesque repose au soleil sous un lit de branches. Quelle beauté ! Cet animal semble appartenir à la légende, ou du moins à une autre époque, peut-être celle des dinosaures. J'ai du mal à croire ce que je vois. Quelle chance ! J'aimerais l'observer pendant des heures, mais il finit par sentir ma présence et plonge dans le fleuve à une vitesse hallucinante. J'ai le corps à moitié dans l'eau, je me hâte donc de rejoindre la terre ferme. Certes, je le trouve très beau mais de là à prendre des bains avec lui…

De retour au camp, je me remets de mes émotions et commence à assembler le radeau. À la tombée de la nuit, je pousse mon embarcation à l'eau et m'assieds dessus. Je pense qu'elle va me porter. Malheur, ça coule ! De retour dans mon hamac, l'inquiétude me gagne. Voilà déjà trois jours que je suis ici, j'ai l'impression de suivre exactement la même pente fatale que mon prédécesseur. En utilisant mes dernières réserves de nourriture, peut-être pour rien, je répète ses erreurs. Sur les 5 kilos de provisions que j'avais au début de l'expédition, il ne me reste plus que quelques poignées de riz et 1 kilo de couac (farine de manioc). Je veux tellement fuir cet endroit que l'idée d'abandonner la construction du radeau et de partir à la nage comme Maufrais me tente terriblement. J'y résiste. Je dois faire une dernière tentative. Si ça ne marche pas demain, il sera toujours temps de nager !

À l'aube, je suis de retour dans la rivière et je ramène quatre nouveaux rondins, que je m'empresse de tailler et d'assembler pour ajouter un étage au radeau. Mon couteau est méconnaissable, le manche en bois est brisé de tous les côtés et la lame est dentée sur toute sa longueur. J'attache solidement les deux parties et de nouveau je m'assieds. Miracle, ça flotte !

Immédiatement, mon sac est bouclé et installé à l'avant du bateau. 120 kilomètres de navigation m'attendent. Je vais devoir suivre le Tamouri jusqu'à rejoindre le village de Camopi. J'espère y arriver en deux semaines. Je crains de ne pas pouvoir tenir bien plus longtemps. Avant de partir, je prends soin de déposer entre deux racines *Aventures en Guyane*, le livre de Raymond Maufrais. Je le laisse là où ce dernier avait abandonné son carnet de son vivant. Je relis les dernières lignes qu'il y a écrites le 13 janvier 1950 : « Allons…

en route ! À bientôt, parents chéris ! Confiance, je laisse ici ce cahier. […] Il est à vous, je l'ai écrit en pensant à vous et je vous le remettrai bientôt. Je vous ai juré de revenir, je reviendrai, si Dieu le permet. »

Il est maintenant temps de te quitter, mon ami, et de terminer ce que tu as commencé. Tu n'y es pas arrivé seul, mais à deux nous y parviendrons. Si la jungle le permet.

## Comment se faire secourir par trois Indiens après quarante-six jours seul dans la jungle

La dernière partie de mon expédition amazonienne fut pour moi la plus mémorable. Naviguer sur le radeau que j'avais construit de mes propres mains faisait de moi l'homme le plus heureux du monde. J'étais très fier de mon embarcation et, surtout, j'avais l'impression d'être arrivé dans la jungle de mes rêves. Certes, les obstacles rythmaient mon avancée. Souvent, je devais couler le radeau pour le faire passer sous un arbre tombé en travers du fleuve, ou bien me frayer un chemin entre des barrages de plantes. Et alors ? Cela faisait quarante jours que je vivais seul dans la jungle sans aucun autre recours que mes bras, mes jambes et la volonté d'y arriver. Désormais, je savais comment m'y prendre, la forêt m'avait appris à traverser son royaume. Partout où l'eau passait, mon radeau passerait aussi ! Et puis j'étais dans le sens du courant pour la première fois de l'expédition !

Jour après jour, j'avance sur la rivière qui s'ouvre. L'horizon se dévoile, le ciel creuse la toison végétale, l'obscur s'illumine. Jamais la jungle n'a été aussi belle.

Ici un caïman, là des couples d'aras, devant moi un iguane perché dans un arbre et qui se jette à l'eau, au-dessus de ma tête, un magnifique papillon Morpho, grand comme mes deux mains, d'un bleu qui rendrait jaloux le ciel. Seul sur le fleuve, encerclé par cette splendeur du vivant, j'ai le sentiment que ce voyage aurait pu avoir eu lieu il y a un siècle, deux siècles ou trois mille ans… il aurait été le même. Ici, la vie règne, comme si le monde venait d'être écrit, comme si j'avais atteint son origine. Mes jours sont désormais plus beaux que mes rêves.

Mon seul problème reste la faim. Chaque nuit elle me torture et me pousse à vouloir en finir. Certes, sitôt sur mon radeau, je suis happé par un insaisissable tourbillon de couleurs, de formes, de chants, d'odeurs et alors j'ai envie d'y rester pour toujours. Mais chaque nuit la faim me rattrape et me tient éveillé. Je ne parviens pas à pêcher suffisamment, c'est bien plus difficile que lors de mon expédition en Alaska. Là-bas l'eau était claire comme le cristal, je voyais les poissons, il me suffisait de lancer l'hameçon près d'eux et le tour était joué. Ici l'eau est opaque, il faut savoir lire la rivière pour espérer y attraper quelque chose. Dès que je le peux, je fais des tentatives. Mais presque toujours mon hameçon ressort vide. Mon ignorance me pèse. Il faut que je tienne, je ne vais tout de même pas crever si près du but !

Vers la fin de l'après-midi, j'ai déjà parcouru une dizaine de kilomètres et je commence à observer les berges pour trouver le meilleur endroit où installer mon camp. Un bruit étrange me sort de ma recherche. Un bruit de moteur. Instinctivement je lève les yeux vers le ciel, pensant y découvrir un avion. Rien. Pourtant le bruit se précise. Le cœur battant, je baisse les yeux, cette fois visant le bout de la rivière. Soudain, dans un virage, apparaît un point blanc qui s'avance. Une pirogue ! Une pirogue ! J'ai du mal à en croire mes yeux, ce sont les premiers hommes que je rencontre depuis quarante-six jours. Eux aussi ont l'air d'avoir du mal à croire ce qu'ils voient : un jeune Blanc squelettique, sur un radeau en bambou, seul au beau milieu du fleuve. Très vite, les trois Indiens m'invitent à bord et m'offrent un gros poisson salé. J'abandonne mon radeau et, entre deux bouchées du poisson délicieux, je le regarde s'éloigner. Adieu petit bateau, merci de m'avoir porté tout ce temps !

Mes trois nouveaux compagnons font partie de la tribu des Teko. Ils sont les descendants de Monpéra, l'Indien émerillon qui a retrouvé le carnet de Maufrais. Toute la soirée, je pêche avec eux, je découvre la jungle à travers leurs yeux. Le soir on s'installe tous les quatre dans la forêt et quatre nouveaux poissons sont servis pour le dîner. Dans mon hamac, l'estomac rempli pour la première fois depuis le début de ce périple, je réalise que mon expédition est terminée et des larmes coulent de mes yeux. Ça va être si dur de quitter ce monde. Mais je me rassure vite, j'y reviendrai bientôt. Cette fois j'irai vivre avec les Indiens, j'apprendrai à me construire un arc et à me nourrir par mes propres moyens. Ainsi, toute mon âme ne sera plus dédiée qu'à la forêt qui m'abritera et je serai enfin redevenu libre.

# ET DEMAIN ?

Ainsi donc l'homme appartenait à la nature. Ainsi donc la civilisation le lui a fait oublier.

Un jour plus triste que les autres, j'ai décidé d'aller voir ailleurs. Cet ailleurs, c'était une île australienne où je me réfugiai quelques jours à l'âge de 19 ans. Quelques jours suffirent car, parfois, les secondes ont l'intensité de plusieurs années. Effectivement, sur cette île, je découvris la nature sauvage. Magnifique, rude, bouleversante. Alors, mon esprit marqua la première entaille dans le voile de la civilisation qui m'avait présenté la nature comme barbare. Dès lors, je me mis en quête des endroits les plus sauvages du monde, afin d'y vivre, de retrouver mes vieux instincts oubliés et d'apprendre aux côtés des peuples premiers, les derniers humains qui savent habiter la Terre. Alors j'en fus convaincu, ce n'était pas la nature qui était barbare. La barbarie était de s'en éloigner. Or, chaque jour, la nature se retire. Partout, elle recule, s'affaisse, s'appauvrit, disparaît sous les rouages impitoyables de la civilisation, de ses industries et de ses machines. Si on laisse se perpétuer cette destruction qui dure depuis trop longtemps, les derniers îlots où la vie est permise seront eux aussi anéantis. Ainsi donc, il va falloir se battre. Se battre pour défendre la beauté du monde, sa diversité, son équilibre, sa liberté, sa volupté, son existence et tous les différents êtres qu'il abrite.

Soyons la nature qui se défend !

# TABLE DES MATIÈRES

*Cet ouvrage a été composé et mis en page*
*par FACOMPO, LISIEUX*

*Imprimé en France par*
CPI Bussière
en février 2025
N° d'impression : 2082954

#lisez engagé !
www.lisez.com
Pour plus d'information :
Imprimé sur du papier issu de forêts gérées durablement.

Pocket – 92 avenue de France, 75013 PARIS

S31811/04